그림과
그림자

일러두기

- 이 책은 『씨네21』에 연재했던 동명의 칼럼을 뼈대 삼아 다듬고, 또 새로운 글을 덧붙여 써서 펴낸 것입니다.

- 책・잡지는 『 』, 미술작품・단편소설・시는 「 」, 오페라 등 모음곡과 전시회는 〈 〉로 묶어 표기했습니다.

- 인명과 지명 등 외래어 표기는 국립국어원 규정을 따르는 것을 원칙으로 했습니다.

- 작품 수록을 허락해주신 Daniel Arsham, 최윤정, 이주요(등장 순) 작가에게 깊은 감사를 드립니다.

- 이 책에 사용된 일부 작품은 SACK를 통해 SIAE, ADAGP, DACS, VAGA와 저작권 계약을 맺은 것입니다. 저작권법에 의하여 한국 내에서 보호를 받는 저작물이므로 무단 전재 및 복제를 금합니다.

   © Giorgio Morandi / by SIAE—SACK, Seoul, 2011 _p.022

   © Balthus / ADAGP, Paris—SACK, Seoul, 2011 _p.070

   © Laurence Stephen Lowry / DACS, London—SACK, Seoul, 2011 _p.082

   © Marc Chagall / ADAGP, Paris—SACK, Seoul, 2011 _p.092

   © The Estate of Joan Eardley, All Rights Reserved, DACS 2011 _p.096

   © Alex Katz / VAGA, NY and SACK, Seoul, 2011 _p.112

- 이 책에 수록된 미술작품 중 일부는 저작권자를 찾지 못했습니다. 저작권자가 확인되는 대로 정식 동의 절차를 밟겠습니다.

김혜리
그림산문집

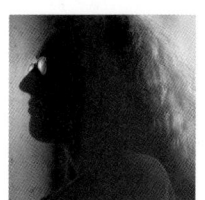

그림과
그림자

앨리스

수지에게
(1991~2010)

prologue

그림 앞에서

별자리 얘기를 꺼내게 될 줄은 꿈에도 몰랐지만, 아무튼. 나는 게자리다. 웅크려 속살을 숨길 수 있는 딱딱하고 안온한 껍데기에 목숨 거는 갑각류다. 집은 내게 둥우리고 신전이다. 모든 외출은 작은 결의를 요하는 모험이다. 하물며 바리바리 짐을 꾸려 장기간 집을 떠나는 여행은, 오랫동안 내겐 전란에 버금가는 사태였다. A에서 Z까지 끔찍한 고역이기만 하던 여행을 남들만큼 즐기게 된 것은 순전히 미술관 덕택이었다.

먼 고장과 이국 도시의 크고 작은 미술관들은 내가 주민인지 나그네인지 결코 묻지 않았다. 정문에 들어서서 표나 기부금을 내고 라커룸에 배낭을 맡기고 나면, 나는 살아온 시간의 어느 때보다 자연스럽고 가볍게 혼자가 될 수 있었다. 수첩 한 권을 쥐고 한나절을 그림이 걸린 방에서 방으로 소요했고, 생수한 병으로 끼니를 족히 대신하며 남중했던 태양이 서쪽 창으로 서서히 저무는

광경을 전시실 벤치에 앉아 충만한 심정으로 지켜보았다. 미술관에서 메모용
으로 빌려준 연필을 깜박한 척 가져와 그것으로 일기를 적으며 괜스레 흡족해
하던 밤도 있었다(고백건대, 훔친 물건에는 돈을 주고 산 물건과 바꿀 수 없는 아우라가
있다).

　여전히 나는 주어진 일도 제대로 못 해내는 영화기자다. 근본적으로 오늘날
한 인간이 본업과 취미를 따로 둘 만큼 풍부하게 살기란 불가능하다고 믿어온
내게 그림 보기의 즐거움은 귀족놀이에 가까운 무엇이었다. 끝내 내가 등록된
주소로부터 도망칠 수 없음을 알기에 더 달콤한 도피였다고 말하는 편이 정확
할 터다. 아, 그러나 우리는 얼마나 어리석게 사치를 열망하는가! 희고 중립적
인 벽, 더위도 추위도 의식할 수 없는 적정 온도와 습도, 적당한 고요와 속삭
임. 많은 현대 아티스트들이 갤러리라는 방습, 방취된 인공의 제도로부터 뛰
쳐나오고자 몸부림쳐왔다는 사실을 모르지 않지만, 평범한 한 관광객에게 미
술관의 회랑은 평생 내게 달라붙어온 모든 조건—불온하게도 시대와 국적까
지—을 잠시 잊게 하는 희귀한, 그래서 매혹적인 무중력 공간이었다. 그림 한
점 한 점이 독립된 장소였고 국가였다.
　어차피 수많은 영화와 드라마를 보며, 온갖 장르의 음악에 몸을 흔들며 내
가 찾고 있던 것은 결국 혼을 편히 누일 한 장면, 하나의 장소가 아니었나? 무
엇보다 영화관이나 공연장에서와 달리, 나는 원하는 만큼 그림 앞에서 머무르
다 떠날 수 있었다. 요컨대 미술관으로 말미암아 (게자리인) 나는 여행이란 집
을 떠나는 두려운 노역이 아니라 진정한 집을 찾아다니는 살림살이의 여정이
라고 여기게 됐다.

　여린 잎만 골라 따 먹는 기린처럼 미술관을 어정거린 몇 차례의 여정이 일
단락됐을 즈음, 나는 체념과 화해했다. 죽을 때까지 안전한 거처가 되어줄 단
한 점의 그림, 단 한 곳의 화랑을 찾을 수는 없을 거야. 다행히도 나는 좌절이
모든 진짜배기 사랑에 수반되는 절차라는 사실을 이해할 정도로 나이 들어 있
었다. 그리하여 내 '상상의 미술관'이 지어지기 시작했다. 특별히 앙드레 말로
의 교시―『상상의 박물관』에서 말했던―를 추종하는 것은 아니었지만, 내 안
에 고인 물을 조용히 흔들었던, 때로 신경을 마비시키거나 불붙였던 그림들
을 상상 속 화랑의 허량한 빈 벽에 하나씩 걸었다. 한데 모아놓으면 그들은
어쩌면 내가 어떤 인간인지 말해줄지도 몰라.

　이 책은 그런 얼토당토않은 희망으로부터, 저질러졌다.

                                                                    2011년 가을
                                                                      김혜리

차례

prologue | 그림 앞에서 _005

그림 앞에서

이것은 그림이
아니
다

- **고립과 부드럽게 대결하는 법**
  | 에두아르 뷔야르, 「퍼블릭 가든-대화, 유모들, 붉은 양산」·「뱅티미유 광장」 _016

- **스틸 라이프** | 조르조 모란디, 「정물」 _022

- **얼굴 없는 것들** | 작자 미상, 「사모트라케의 니케」 _026

- **죽음을 기억하라** | 니콜라 콘스탄티노, 「젖꼭지 코르셋」 _030

- **뱀을 노래하다** | 도로예 커스텐 신노, 「봄날의 쾌활한 뱀」 _034

- **숨겨진 공간을 찾아 다시 감추다** | 다니엘 아르샴, 「시트」 _038

- **부옇고 덧없는 우주의 한 조각** | 조르주 피에르 쇠라, 「에덴 콩세르」 _043

- **잠과 꿈** | 웬델 캐슬, 「들리는, 보이지 않는」 _047

- **밤의 입구** | 제임스 맥닐 휘슬러, 「청색과 금색의 야상곡-낡은 배터시 다리」 _051

- **아무도 모른다** | 김정희, 「세한도」 _055

물끄러미 바라 보다 가

- 느리고 고된 섬광 | 야마시타 기요시, 「불꽃놀이」 _062

- 여자의 완성 | 레오노르 피니, 「봄의 수호자」 _066

- 피아가 없는 세상 | 발튀스, 「캐시의 몸단장」 _070

- 몽상가를 사랑한 현실주의자 | 오노레 도미에, 「돈키호테와 산초 판자」 _074

- 거울 앞의 '몽롱한 집중' | 에드가르 드가, 「머리 빗기」 _078

- 아늑한 황량함 | 로런스 S. 라우리, 「공장에서 퇴근하는 사람들」 _082

- 정밀 묘사된 실낙원 | 노먼 록웰, 「도망자」·「집을 떠나며」 _086

- 늙은 예술가의 초상 | 마르크 샤갈, 「두 개의 얼굴을 가진 화가」 _091

- 인간 정신의 특별한 구역 | 조앤 이어들리, 「아이들, 글래스고 항」 _095

- 그림이라는 쿠션 | 에드워드 아디존, 「작은 책방」의 삽화 _100

그림 뒤에서

저 너머

그림자와 맞닥뜨리니

- 거짓말 또는 착각 | 펠릭스 발로통, 「거짓말」 _108

- 화면 밖의 미스터리 | 알렉스 카츠, 「에이다」 _112

- 미완의 드라마 | 로버트 브레이스웨이트 마티노, 「가난한 여배우의 크리스마스 디너」 _116

- 매너리즘의 간절한 매너 | 자코모 다 폰토르모, 「십자가에서 내려지는 예수」 _120

- 죽음과 단둘이 | 귀스타브 모로, 「성 세바스티안」 _124

- 그림과 나 사이, 적당한 거리를 찾아서 | 빌헬름 사스날, 「무제」 _129

- 순진한 열망의 정원 | 앙리 루소, 「꿈」 _134

- People are strange, when you're a stranger | 제임스 엔소르, 「이상한 가면들」 _139

- 으스스한 틈새 | 최윤정, 「노스탤지어 11」·「노스탤지어 12」 _143

- 죽음을 내려놓다 | 카라바조, 「잠자는 큐피드」 _148

이것은 당신   그리고   나의 그림자

- 외설적인 고독 | 필립 거스턴, 「머리와 술병」 _154

- 몸이라는 우주 | 앤터니 곰리, 「양자구름」 _158

- 심장으로 직진하는 조각 | 아나 마리아 파체코, 「방랑자의 그림자」 _162

- 같으면서 다른 | 작자 미상, 「첨리 자매」 _166

- 아파서 나는 아프다 | 알브레히트 뒤러, 제목 미상의 스케치 _171

- LOVE & D.I.Y. | 이주요, 「Two」 _175

- 가만히 잡고 싶은 손 | 오귀스트 로댕, 「대성당」 _181

- 사랑한 후에 | 피에르 보나르, 「남과 여」 _185

- 오직 사랑만을 위해 | 프란시스코 데 고야, 「개」 _189

- 견고한 공존 | 루치안 프로이트, 「둘의 초상」 _193

epilogue | 그림 뒤에서 _198

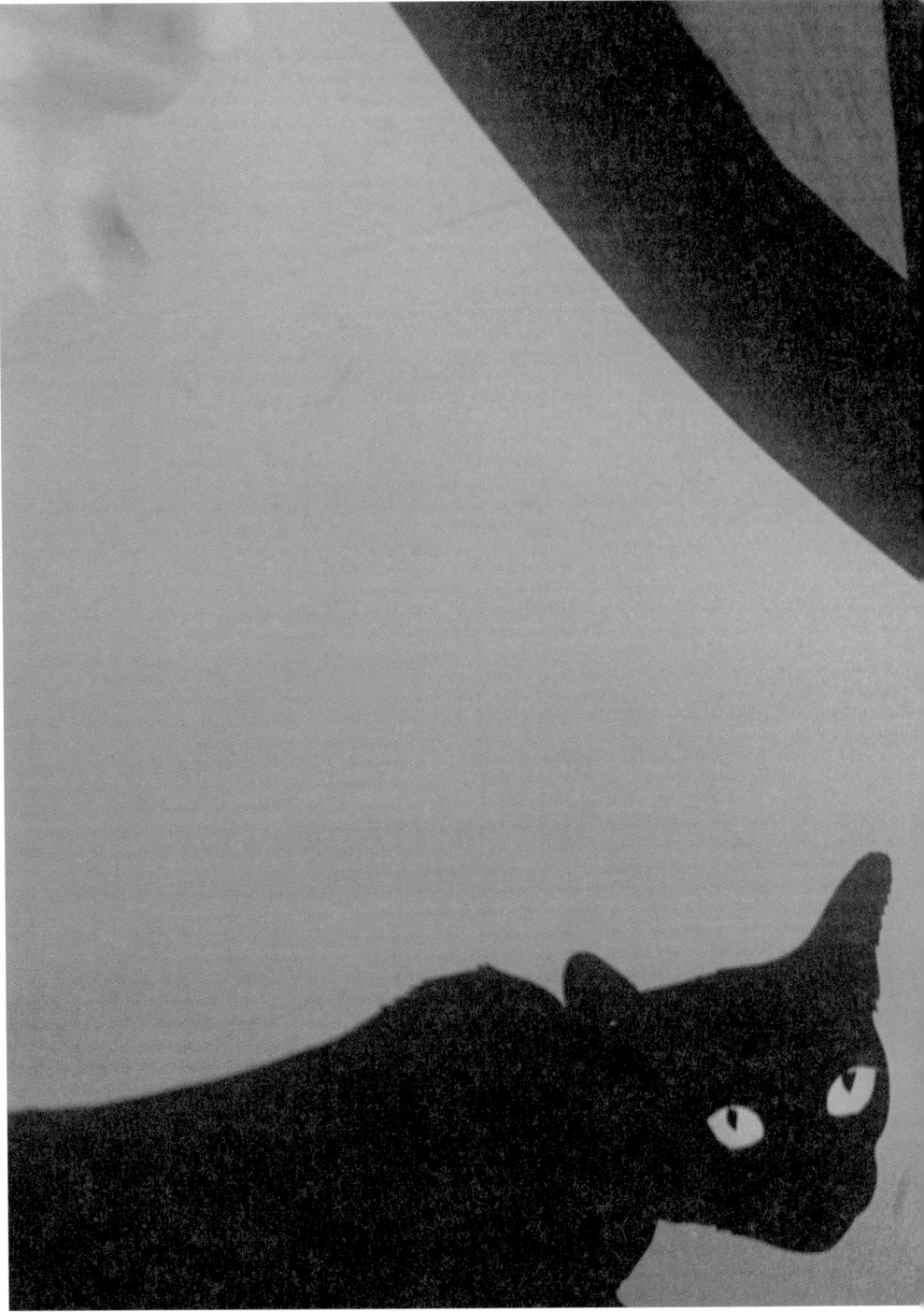

그림 앞에서

이것은

그림이   아니
                        다

고립과
부드럽게
대결하는 법

에두아르 뷔야르,
「퍼블릭 가든 – 대화, 유모들, 붉은 양산」,
1894

에두아르 뷔야르,
「뱅티미유 광장」,
1908~10

가파르게 다가서는 벽은 숨통을 죈다. 모퉁이 없이 사방이 툭 터진 공간에 나서면 불안하다. 우리는 적당히 숨고 때때로 드러나기를 원한다. 활개 치기를 열망하다가도 이내 기댈 곳을 찾는다. 벽은 우리를 보호하는 동시에 막아선다. 상반된 이 두 욕망의 긴장을 잘 해결한 건축만큼 아름다운 구조물도 없다. 폐소공포증과 광장공포증 사이에서 뒤척이는 우리의 일생은, 각자에게 맞춤하게 반투명한 벽을 찾아 헤매는 여정이 아닐까?

에두아르 뷔야르(1868~1940)는 네 벽으로 둘러싸인 실내에서 가장 행복한 화가였다. 평생 독신인 채 어머니와 살았는데 드레스 짓는 일을 하는 어머니 덕택에 집 안에는 늘 옷감과 레이스가 흐드러졌다. 과연 뷔야르가 묘사하는 벽지와 식탁보의 무늬는 인물을 집어삼킬 듯 강렬하다. 그는 아마 양탄자와 커튼의 사방 무늬를 헤아리며 자신을 포위한 세계를 더듬기 시작한 소년이었을 것이다. 정적이고 내성적인 삶이었지만 뷔야르가 고독한 인간이었다고 장담할 수는 없다. 그는 친밀한 소수의 친구와 가족으로 촘촘히 짜인 털실 목도리와 같은 인간관계에 포근히 안겨 지냈다. 나비파Nabis• 동료들이 종교적 소재와 이국적 풍경을 그릴 때도 뷔야르의 붓은 잘 아는 사람들의 초상과 주변 풍경에 머물렀다.

실내와 외계를 구분하고 연결하는 벽과 창도 뷔야르의 중요한 테마였다. 회화가 지닌 장식 기능을 긍정한 나비파의 일원인 그는 스테인드글라스와 연극 세트를 제작했고 부유한 후원자의 거실과 식당 벽에 걸릴 큼직한 그림을 그렸다. 벽의 수직성을 존중하려는 듯, 세로가 긴 화폭도 즐겨 택했다. 그 중 하나인 「퍼블릭 가든」은 이를테면, 벽을 창으로 위장하는 그림이다. 현대 건물에서 유리벽은 흔히 "감금에 저항하고 소통을 지향한다"는 건축가의 주석을 동반하는데, 뷔야르도 비슷한 소망을 품었던 게 아닌가 싶다.

불로뉴 숲 혹은 튈르리 공원을 그린 것으로 추정되는 1894년 작 「퍼블릭 가든」은 한 부르주아 가정의 거실 겸 식당 벽을 장식할 목적으로 발주된 작품으로 원래 총 아홉 개의 패널로 구성돼 있었다. 일본의 두루마리 그림이 영향을 주었음은 말할 나위도 없다. 1929년경 이리저리 흩어졌던 「퍼블릭 가든」 패널 중 다섯 점은 훗날 오르세 미술관에서 재회했다. 연작의 화면을 분할하고 둘러친 테두리는 영락없이 창틀이다. 그래서 보는 이로 하여금 오후 창가에 이젤을 세우고 주민다운 평온과 확신을 담아 붓을 놀리는 중년 소시민 화가를

• 자연을 곧이곧대로 옮기는 인상파 기법이 성에 차지 않았던 피에르 보나르, 모리스 드니, 에두아르 뷔야르 등의 나비파 화가들은 주관을 통해 형태와 색을 걸러냈다. 그들은 어떤 면에서는 디자이너였다. '나비'는 아랍어와 헤브루어로 예언자를 뜻하는 바, 자못 비장한 작명이었지만 미술사에 큰 탑을 쌓지는 못했다. 나비처럼 다가올 봄의 징조를 잠시 알리고 하느작 스쳐갔다.

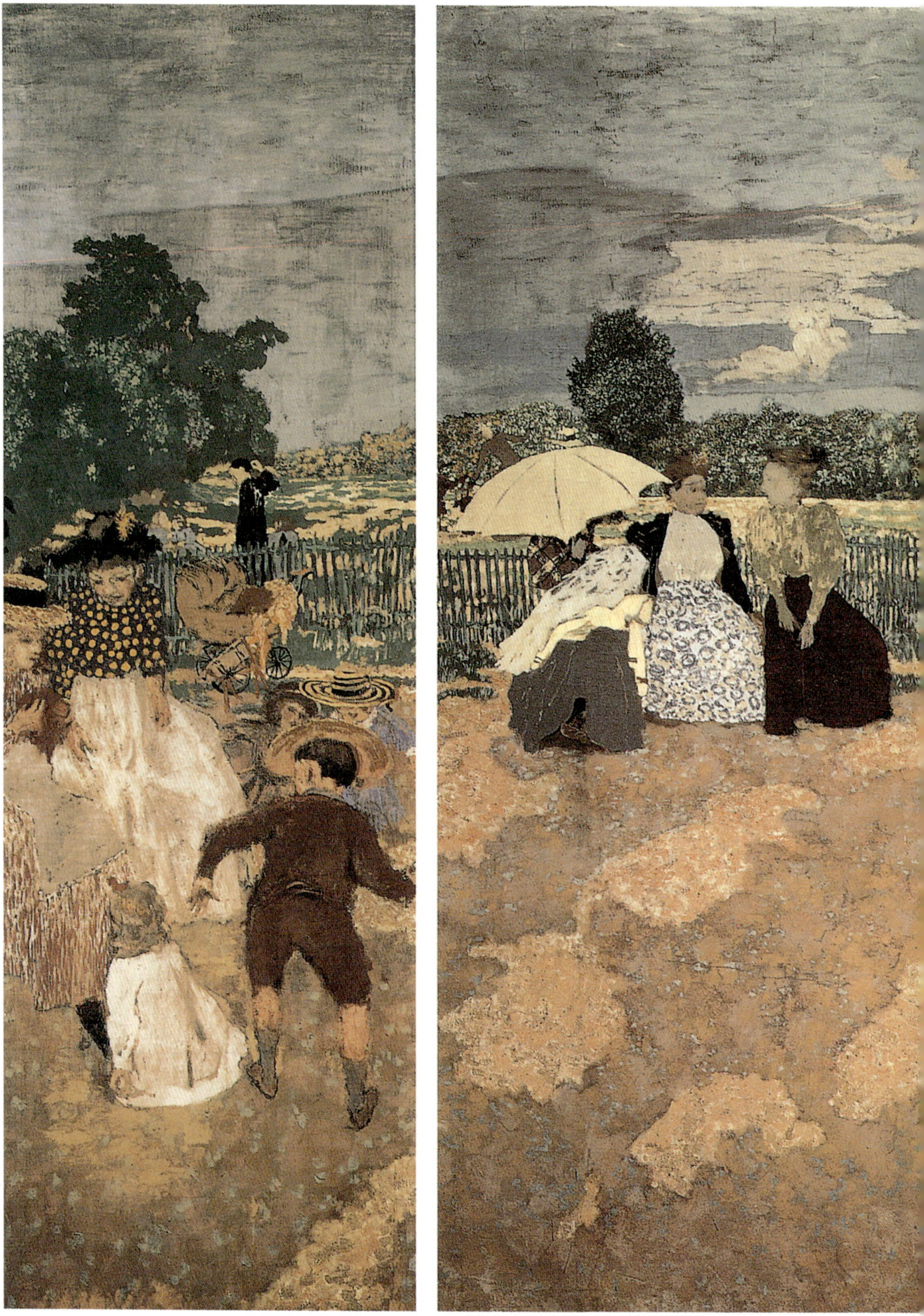

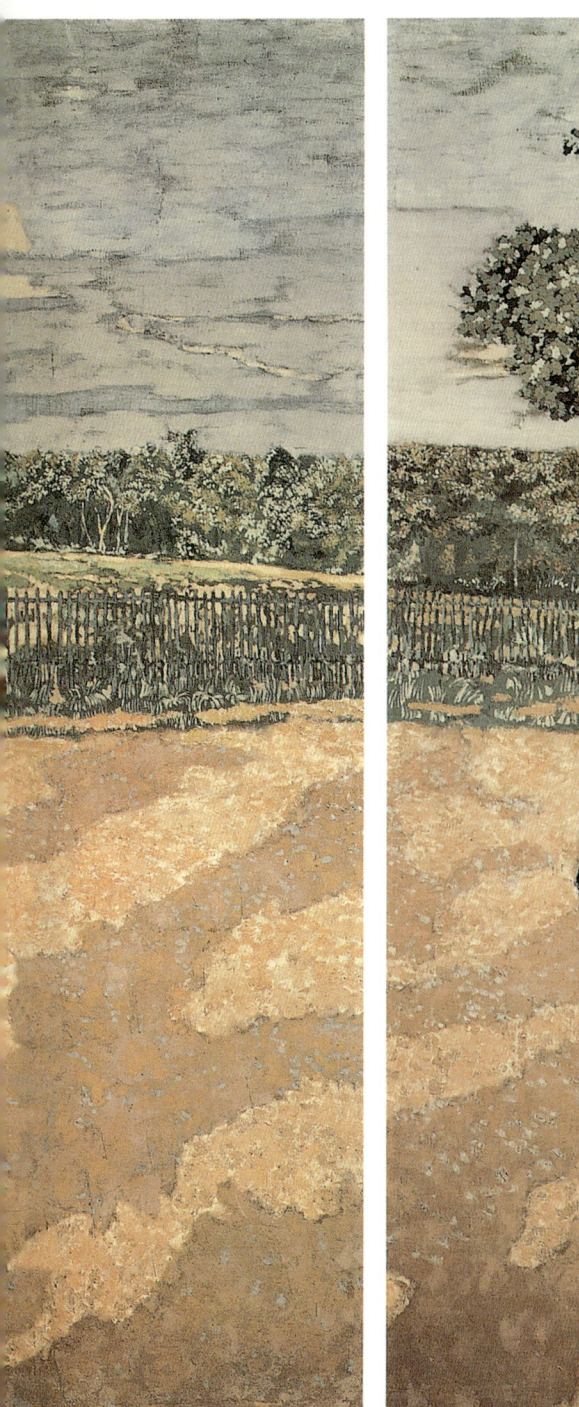

에두아르 뷔야르,
「퍼블릭 가든」,
1894

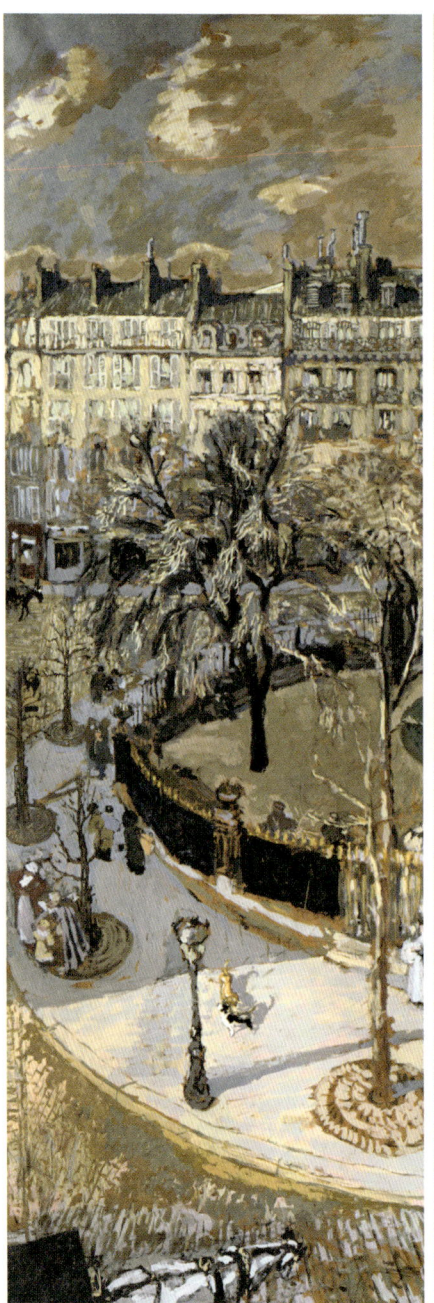
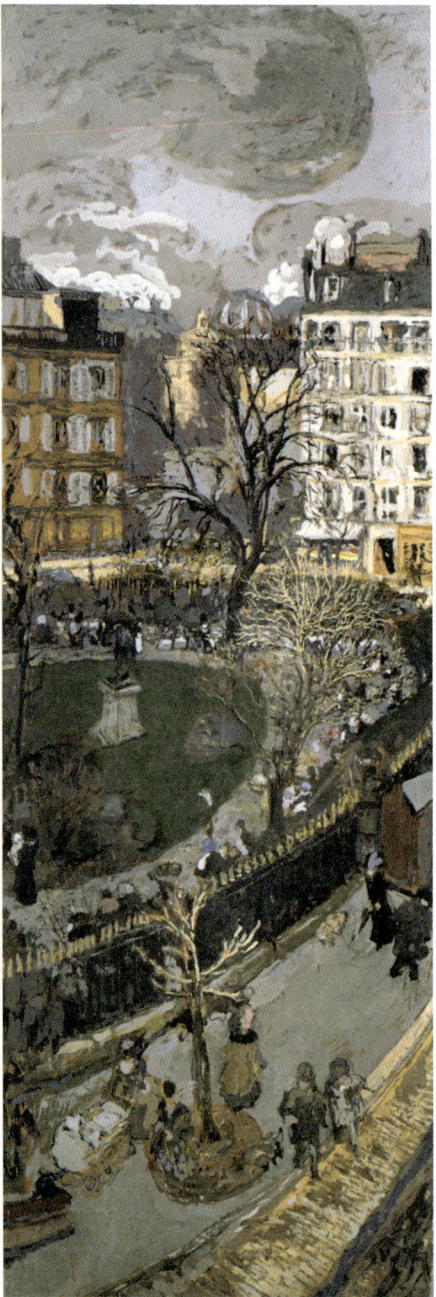

상상하게 만든다. 세로가 긴 낱낱의 패널을 병풍의 한 폭이라 치고 차례로 펼친다면 이 그림은 아주 침착한 패닝 숏 panning shot•처럼 보일 것이다. 실제로 1908년에 뷔야르가 그린 두 장짜리 풍경화 「뱅티미유 광장」은 다른 시간대에 바라본 광장의 좌우 풍경을 두 패널에 병치해 시간의 흐름을 함축하는 실험을 시도하기도 했다. 영화의 언어와 좀 더 비교하자면 「퍼블릭 가든」의 화면은 망원렌즈의 그것처럼 평평하여, 3차원의 환상 속으로 걸어 들어오라고 유혹할 염을 내지 않는다. '물끄러미'라는 부사 하나를 완전히 형상화한 다음 만족하여 "다 이루었도다"라고 속삭인다.

  뉴욕 현대미술관 5층에는 뷔야르의 또다른 풍경화 「공원」(1894)이 걸려 있다. 맞은편 벽을 통째로 차지한 스타 화가 모네의 「수련」 앞에 북적이는 관람객들의 등을 바라보며 언제나 한적함을 즐기고 있는 「공원」은 화가를 닮았다. "평생 나는 구경꾼 외에 아무것도 아니었다"라고 고백한 뷔야르는 타인의 장점 뒤에 숨기를 잘 하는 사람이었다고 한다. 친구들은 그의 곁에 있으면 세상과 화해할 수 있었다고 회고했다. 아마 뷔야르의 풍경화에서 발견되는 창틀, 그리고 창틀을 연상시키는 테두리는 화가의 정신적 주소를 드러내는 표식인지도 모른다. 눈은 야외에, 몸은 실내에 둔 그 상상의 자리는 해방감과 안정감의 절묘한 점이지대다. 그는 홀로 있으나 군중과 함께 느낀다. 도시 속 자연을 그린 뷔야르의 풍경화에는, 그처럼 고립과 대결하는 지극히 부드러운 전술이 있다.

• 카메라가 패닝하면서 피사체를 포착한 장면을 말한다. 패닝은 카메라를 삼각대 등에 고정한 채 왼쪽에서 오른쪽, 또는 오른쪽에서 왼쪽으로 수평 이동하는 것을 말한다. 광장처럼 드넓은 배경을 묘사하거나, 가로로 긴 공간이나 피사체 혹은 수평으로 움직이는 대상을 담는 데 유용하다.

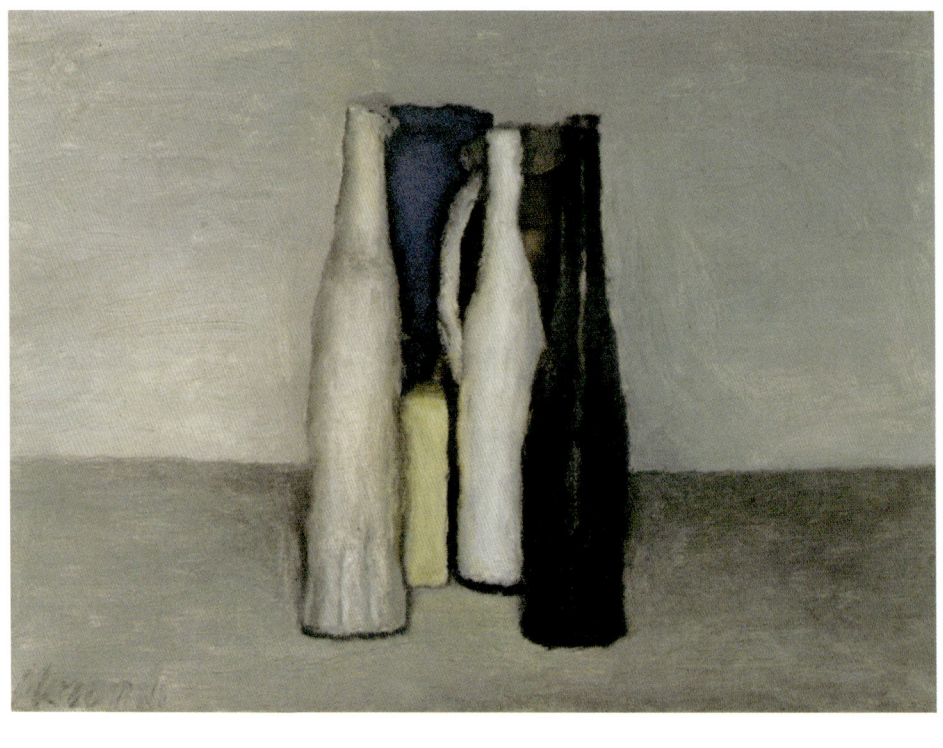

스틸
라이프

조르조 모란디,
「정물」,
1957

클로드 모네를 수련 중독자라 부르고, 에드가르 드가를 발레리나 오타쿠라
고 놀리는 무례가 관대하게 용인된다면, 이탈리아 볼로냐 출신의 화가 조르조
모란디(1890~1964)•는 다음과 같이 불릴 법하다.

'그릇을 늘어놓는 백만 가지 방법을 고안한 화가!'

좁다란 테이블 위에 세심히 배치된 호리호리한 물병, 납작한 깡통, 입이 넓
은 찻잔 등 갖은 모양의 용기容器들은 모란디가 평생을 함께한 피사체였다. 화

• 남아 있는 사진에 따르면 모란디는 자크 타티가
연기한 윌로 씨를 닮은 장신의 신사였다(자크 타티
는 프랑스의 찰리 채플린이라 불리는 희극배우이
자 영화감독으로, 대표작으로 「윌로 씨의 휴가」 등
이 있다).

면 속 공간은 하나의 모서리에서 맞닿는 두 평면이 전부다. 흔한 식탁보 한 장 없이 헐벗은 바닥에 놓인 그릇들은 언제나 텅 비어 있다. 요소는 단출하지만 반복은 결코 없다. 물체 하나를 더하거나 빼거나 옮김으로써 이 소우주의 중심은 우지끈 요동한다. 모란디는 제반 조건을 통제하고 하나씩 변수를 바꾸어가며 물리物理를 밝히는 과학자처럼, 천칭의 두 접시에 번갈아 미량의 가루를 더하는 약제사처럼, 야금야금 실험을 거듭했다.

정물화를 '시간을 초월하는 법'이라고 묘사했던 화가는 자신의 삶 또한 '스틸 라이프still life'처럼 영위했다. 세간을 뒤흔든 연애 파문도, 비극적 지병도, 창작의 광기에서 파생된 불미스런 사고도 없었다. 1944년 레지스탕스 혐의로 잠깐의 투옥을 경험했던 것을 제외하면 그의 삶은 잔잔했다. 태어나고 자란 볼로냐의 미술 아카데미에서 에칭 담당 교수로 일생 봉직했고 독신으로 세 누이동생과 함께 살았으며, 작업 습관을 흔드는 여행도 꺼렸다. 심지어 "전시회를 너무 많이 보면 2, 3일간 마음에 여진이 남아 힘들다"는 고백을 남기기도 했다.

그의 작고 좁은 작업실을 방문했던 사람들의 공통된 기억은, 이젤을 뺀 모든 공간을 뒤덮은 그릇들과 그 위에 고르게 내려앉은 먼지 더께다. 본디 유리나 사기, 금속의 각기 다른 재질로 만들어진 모란디의 정물들은, 인간이 사용한 흔적으로 마모되고 다시 먼지로 표면이 '코팅'된 결과 거의 균일한 질감을 자아낸다. 이 지점에서 일상적 사물은 추상의 경계를 살그머니 타 넘는다. 모란디는 그릇 하나하나를 인물을 대하듯 그렸다. 일부 평론가들이 그의 정물이 품은 엄숙함을 이탈리아 르네상스 종교화에 도열한 성자의 존재감에 비한 것도 무리는 아니다. 다른 물체를 반사하는 일조차 없이 완결된 단독자monad로 존재하는 모란디의 그릇은 고독한 묵상에 잠긴 채 서로를 건드리고 때로는 서로의 어깨 뒤에 숨는다. 그들은 이탈리아나 스페인에서 흔히 볼 수 있는, 아담한 광장에서 따로 또 같이 서성이는 사람들과 닮았다. 모란디와 동향인 작가 움베르토 에코는 증언한다.

"모란디의 그림은 척 보기엔 똑같은 붉은색이 집집마다 거리마다 미묘하게 다른 볼로냐 시를 걸어본 다음에야 온전히 이해할 수 있다."

지극히 정숙한 모란디의 정물화는 지극히 아름다운 역설의 덩어리다. 모던하면서 고전적이고, 직설적이나 풍요롭다. 보편적인 동시에 사적이고, 구상과 추상을 겸한다. 모란디는 이런 말을 남겼다.

"인간의 눈으로 보는 것 이상으로 추상적이고 초현실적인 것은 없다. 물론 물질은 존재하나 자체의 고유한 의미는 없다. 우리는 오직 컵은 컵이며 나무는 나무라는 사실을 알 수 있을 뿐이다."

본다는 행위가 무엇인지, 회화가 무엇인지 해명하는 모란디의 정물화는, 언어가 도저히 도달할 수 없는 곳에서 미술로 쓴 미술 비평이다.

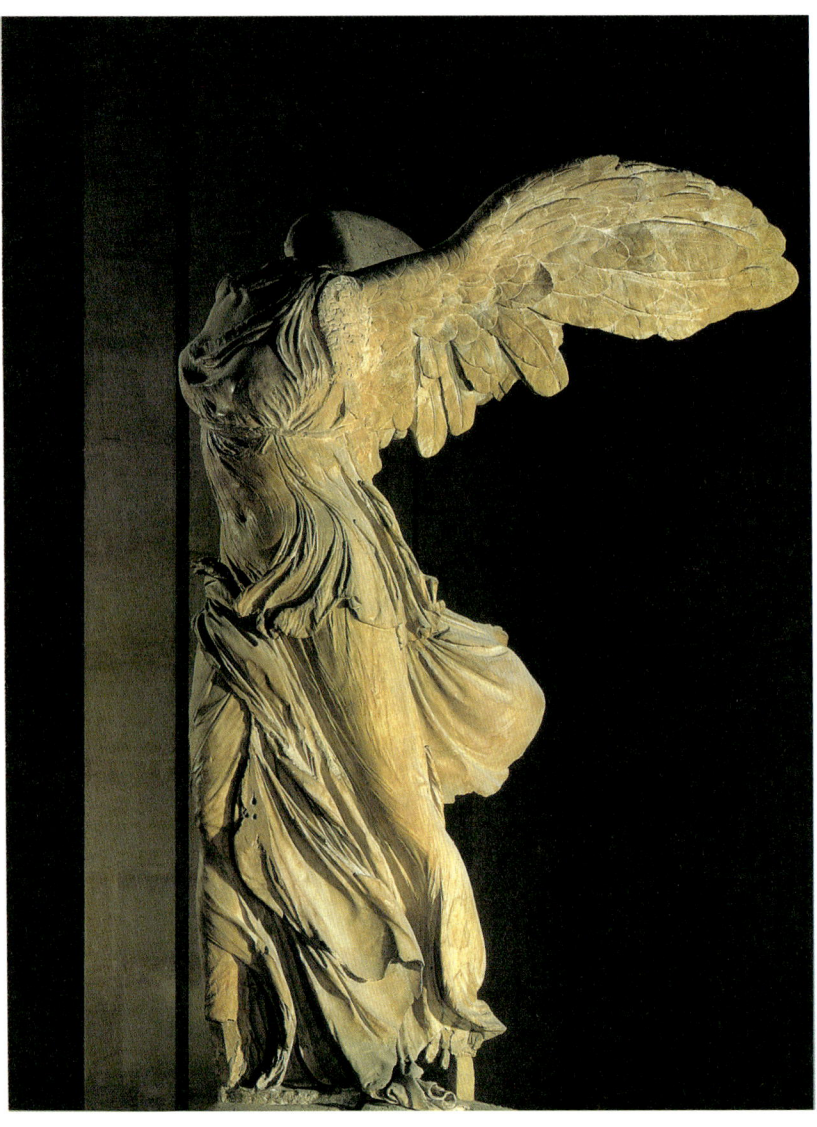

얼굴
없는
것들

작자 미상,
「사모트라케의 니케」,
B.C. 220~190년경

　미술 작품을 볼 때 우리는 무의식적으로 얼굴을 찾는다. 비단 인물을 주제로 삼은 회화와 조각에만 해당되는 이야기는 아니다. 화병의 꽃, 접시의 사과, 봄날의 잔디밭, 심지어 추상이라 해도 우리의 시선은 여전히 그것의 '얼굴'―눈의 초점을 맞추고 감정을 투사할 지점―을 본능적으로 찾아 방황한다. 자크 오몽이 썼듯 우리의 감정을 자극하는 것은 결국 타자의 얼굴이며, 존 버거가 『포켓의 형태』에서 지적한 대로 모든 화가는― 그리고 내 생각엔 관람자도― 자신이 보낸 응시를 되돌려줄 화답의 시선을 대상에게서 구하기 때문이다.

　그러므로 인간의 형상을 모방한 회화와 조각에서 얼굴의 부재는 충격을 야기한다. 결핍은 거기 존재했어야 마땅한 것을 강력히 환기시킨다. 「슬리피 할로우」의 목 없는 기사는, 마을 사람들의 머리를 수숫단처럼 베어버리면서 참

수당한 자의 원한과 영원한 환지통幻肢痛(이미 잃어버린 신체 부위에 통증을 느끼는
현상)을 호소한다. 화가 프랜시스 베이컨이 그린 사람들의 얼굴은 종종 그림자
나 피로 문질러져 있다. 술집의 어둠에 몸을 숨긴 고독한 사내, 의자에 앉은
화가의 어머니, 교황 이노센트 10세 등 베이컨이 그린 무수한 '지워진 얼굴'
들은 그것을 차마 바라볼 수 없는 화가의 고통을 반영하는 것처럼 보인다. 이
통증은 보는 이들을 즉각 감염시키는데, 이는 우리가 개성적 영혼의 표상인
얼굴이 사라진 자리에 무의식적으로 자신을 투사하기 때문이다.

얼굴에는 늙어 사멸할 수밖에 없는 존재의 숙명이 새겨진다. 1883년 이래
루브르 박물관의 계단참에 오연히 서 있는 승리의 여신 니케 상은 사라진 얼
굴로 인해 불멸의 경지로 비상한 예다. 6세기경 에게 해 북쪽의 사모트라케
섬을 덮친 지진으로 부서진 이 헬레니즘 시대의 석상은 기어이 머리와 팔을
되찾지 못했다. 그러나 극심히 손상된 상태 자체로 완벽한 아름다움을 구현해
'훼손'의 사전적 의미를 무색하게 만든다.● 천사보다 괴수의 그것에 가까운
여신의 우람한 날개는 막 뱃머리에 착지하려는 듯 잔뜩 추켜올려져 있으며,
바다의 습기와 소금기를 머금고 달라붙은 옷자락과 앞으로 쏠린 무게중심은
역풍에 맞서 나아가려는 도도한 의지를 감추지 않는다. 얼굴도 이름도, 왼손

● 니케 상의 오른쪽 날개는 원래 유실된 상태로,
현재의 것은 왼쪽 날개를 본으로 삼아 복원한 것
이다. 1950년 고고학자 필리스 윌리엄스 레만이
발굴한 오른손은, 비엔나 예술사박물관에 보관돼
있던 손가락 파편을 봉합해 니케 상 근처에 따로
전시돼 있다. 동명 스포츠 브랜드의 유명한 로고
는 니케 날개의 날렵한 선에서 나온 것으로 알려
져 있다.

잡이였는지 오른손잡이였는지도 알 수 없는 어느 고대 예술가가 여신의 몸을 빌려 조각해놓은 것은 바람과 의지다.

　고고학자들은 니케가 손나발을 불고 있었고, 가슴의 위치로 미루어 고개를 뒤로 젖힌 자세였을 거라고 추정하지만 과연 이 조각상 앞에서 누가 그것을 궁금해 할까? 니케의 몸은 얼굴의 결핍으로 인해 목소리를 얻었고, 날개는 팔을 그리워하지 않는다. 머리와 팔을 잃어버림으로써, 서사시적 순간에 멈춰 선 이 석상이 구현하는 결정적 모멘텀은 더욱 뾰족해졌다.

　소설 『잘려진 머리』의 작가 아이리스 머독은 "전능하고 정이 있는 존재가 우리가 살고 있는 것과 같은 세계를 창조할 만큼 충분히 잔인할 수 있다는 것을 도저히 상상할 수 없다"라고 썼다. 그러나 머리가 없는 사모트라케의 니케는 신의 마지막 손길이 완성한 경이로운 아름다움을 통해 어떤 설교보다 유려하게 신의 존재를 설득한다.

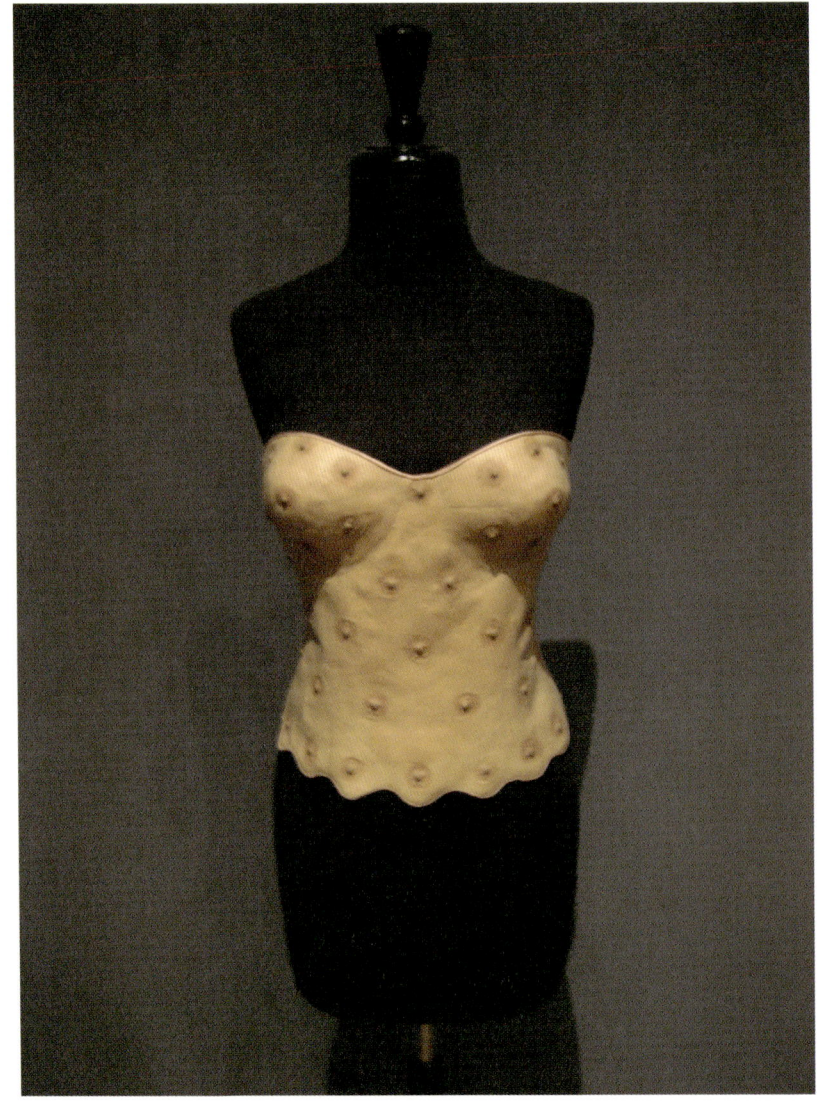

죽음을
기억하라

니콜라 콘스탄티노,
「젖꼭지 코르셋」,
1999

현대미술의 곡예에 단련된 오늘날의 관람객들은 웬만한 도발에는 뒷목을 잡지 않는다. 뉴욕 현대미술관에 소장된 니콜라 콘스탄티노의 「젖꼭지 코르셋」도 멀찌감치 서서 보면 약간 아리송한 작품에 불과하다. 미술관에 웬 란제리? 생뚱맞음에 방심하다가, 코르셋을 입은 토르소에 약 1.5미터 정도 근접하면 질겁하게 된다. 고급 핸드백에 쓰이는 타조 가죽쯤으로 보였던 코르셋의 소재가, 실은 인피人皮―의 모사품―임이 드러나기 때문이다. 「젖꼭지 코르셋」은 수많은 유두로 뒤덮인 사람의 피부로 제작한 상상의 코르셋이다. 악취미! 살벌한 추억의 명화 두 편이 대뜸 떠오른다. 외계인이 지구인을 패스트푸드 식자재로 쓰는 「배드 테이스트」와, 재봉을 즐기는 연쇄살인자 버펄로 빌이 등장하는 「양들의 침묵」이다.

니콜라 콘스탄티노는 실리콘과 폴리우레탄으로 유사 인피를 만들어 다양한

의류와 잡화를 제작했다. 젖꼭지가 돋을새김된 코트와 이브닝 드레스, 항문 무늬의 토트백 등을 부티크처럼 연출한 갤러리에 진열하고, 한번은 아예 백화점에서 전시회를 갖기도 했다. 심지어 아티스트 본인의 체지방을 포함한 「몸비누 savon de corps」도 작품 목록의 한 페이지를 차지한다.• 「젖꼭지 코르셋」을 비롯한 콘스탄티노의 작품이 지피는 불쾌감의 정체는 두 가지다. 흡사하지만 똑같지 않은 복제품을 볼 때 돋아나는 소름이 첫 번째고, 사물이 제자리를 벗어나 금기된 용도로 쓰이는 섬뜩함이 두 번째다. 요컨대 인간이 '재료'로 이용된다는 아이디어는, 우리가 가진 줄도 몰랐던 비위를 건드린다. 완제품 소비자인 인간의 눈에, 생명체가 '자재'로 변환되는 공정은 은폐되기 마련이다. 그러나 제품의 원료가 인간의 뼈와 살, 가죽이라고 상상하면 외면이 불가능해지고 사고방식은 극적으로 달라진다.

다시 들여다보면, 콘스탄티노의 작품에 표현된 유두는 예외 없이 남성의 것이다. 여성과 달리 수유 기능이 없는 남성의 유두는 온전히 성감대를 뜻한다. 몸통 전체가 유두로 덮인 「젖꼭지 코르셋」은 쾌락의 극대화를 약속하지만 동시에 코르셋의 특성상 구경꾼을 위해 몸의 주인을 옥죄고 괴롭히는 형틀이다. 이 대목에서 「젖꼭지 코르셋」은 성적 흥분을 강요하는 암시가 홍수를 이루면

• 일부 현대미술 작가들은, 관람객의 감각을 두들겨 깨우는 한 방법으로 본인의 신체 일부를 작품에 이용한다. 오를랑 같은 작가는 심지어 성형도 불사한다. 일례로 런던 내셔널 포트레이트 갤러리에 있는 마크 퀸의 두상 「셀프」(2006)를 들 수 있다. 작가는 이 작품을 자기 혈액으로 채우고 5년마다 새로운 피로 리뉴얼한다.

서도, 그것이 거꾸로 강박으로 작용하는 현대사회의 기이한 형국을 선정적으로 요약하기도 한다.

　콘스탄티노의 고국은 식육 산업과 피혁 산업이 성한 아르헨티나다. 그녀의 초기작은 육식을 위한 도축 과정을 묘사하고 있다. 인간이 먹고 입는 과정에는 살생이 도사리고 있다. 콘스탄티노는 눈에 보이지 않고 불가피하다는 이유로 우리가 짐짓 모른 체하는 삶의 카니발리즘적 속성을 환기시킨다. 죽은 사람의 가죽으로 바느질된 드레스와 구두는, 패션이 희구하는 영원한 청춘과 성적 매력의 꿈에 불길한 소멸의 그림자를 드리운다. 그들은 기분 나쁘게 귓전에 속삭인다.
　"메멘토 모리(죽음을 기억하라)."

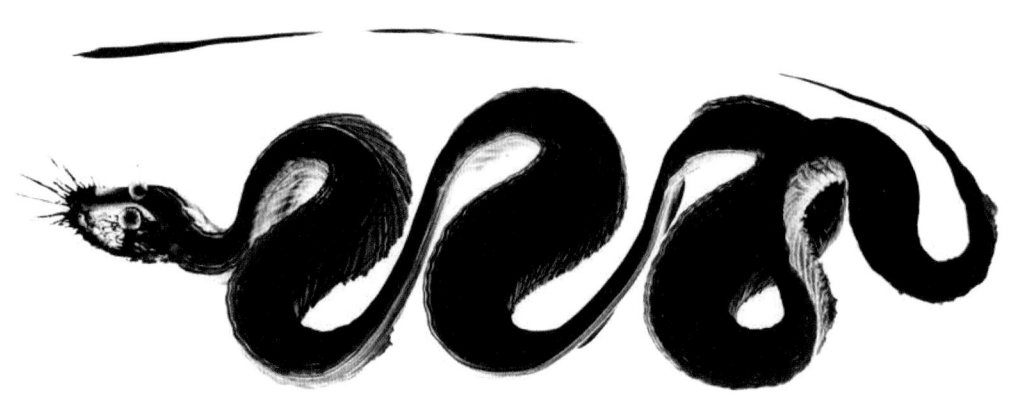

뱀을
노래하다

도르에 커스텐 신노,
「봄날의 쾌활한 뱀」

　뱀에 대해 쓰게 될 줄은 몰랐어. 어리석긴. 5분만 눈여겨보면 쓰지 않고선 배길 재간이 없는 것을. 오랫동안 널리 미움 받은 건 알고 있었어. 숱한 그림이 증명하지. 헤라클레스에게 목이 비틀리고, 성모 마리아의 발에 밟히고, 여럿이 모여 봤자 기껏 메두사의 머리칼. 『세계문화상징사전』을 펼쳐서 험악한 단어가 즐비한 '뱀' 항목을 네가 아는 아무 뱀한테나 읽어줘보렴. 그는 너무나 놀란 나머지 그만 엉켜버릴 걸? 뭔가의 상징으로 살아간다는 건 한심한 노릇이야. 개인적으로 뭘 잘못했는지 도무지 기억나지 않는데 만인의 원한을 사다니! 그러니까 그의 예민함을 이해해야 해. 우리는 홀로코스트에 망연자실하며 신이 그처럼 근거 없는 육중한 증오를 인간 안에 심어놓았다는 사실에 경악하지만 뱀한테 인류는, 원래 그런 종족인 거야.

쥘 르나르가 『박물지』에서 뱀에 대해 쓴 건 고작 한마디야. "너무나 길구나." 그는 두려웠는지도 모르지. 솔직히 뱀의 심상이란 지워버리려 애쓸수록 점점 자라나 머릿속을 채우고 온 방 안에 넘실거리고 말아. 사실 뱀이 받아 마땅한 감정은 질투야. 우리에게 있는 사지가 뱀에게 없다고 징그러워하지만, 그의 입장에선 거추장스러운 가지가 달린 인간을 긍휼히 여길지도 몰라. 직선적이며 구불구불한 그는, 아름다워. 몸을 굽이쳐 물결을 만드는 기분이 얼마나 근사할지 상상이나 가? 살아남기 위해 필요한 기능을 하나씩 담은 장기들이 간결하게 일렬로 늘어서 있을 뱀의 체강을 떠올리면 어느새 마음이 차분해져.

도르예 커스텐 신노(1971~)의 수묵화만큼 이 피조물의 아름다움을 유유히 포착한 그림은 없을 거야. 일본 수묵 그림의 전통을 상속한 이 미국 화가는, 단 한 번 호흡하는 동안 일필 🖌로 뱀이라는 이름의 '약동'을 잡아내지. 신노가 일러주는 뱀이 지닌 또 하나의 매혹은 바로 그거야. 우리는, 그를 보지 않고도 그릴 수 있다는 사실.

뱀은 엄격하고도 은근해. 눈꺼풀이 없는 뱀은 투명한 비늘 아래 언제나 세상을 향해 눈을 뜨고 있지. 어느 날 숨 쉴 기운이 소진되고 권태가 엄습하면, 그는 무리해서 가식을 떨거나 자기를 파괴할 필요가 없어. 대신 조용히 허물을 벗는 거야. 제일 멋진 점이 뭔지 알아? 탈피하는 뱀은 감쪽같이 둔갑하는 사술을 부리지 않아. 예전 모습 그대로, 다만 좀 더 선명해질 뿐이지. 그걸로 충분하다는 듯이 말이야.

팔이 없으니 상대를 해칠 일 없고 혀끝이 갈라져 쓸데없는 말을 하지 않으며 완전무결한 포옹을 할 줄 아는 뱀은 훌륭한 연인의 귀감이야. 유능하기도 해. 마음만 먹으면 몸을 구부려 0에서 9까지 혼자서 깔끔하게 쓸 수 있어. (4만

빼고 말이지. 그것 봐. 누가 뱀더러 불길한 동물이라고 했지?) 무엇보다 뱀은 스스로를 매듭지을 수 있어. 아! 그것이 얼마나 어려운 일인지, 너도 알 거야.

  뱀과 룸메이트가 되면 멋질 거야. 그것만으로 사람들은 나에 관해 많은 걸 대번에 알 수 있게 되겠지. 난 그저 '뱀과 사는 여자'로 불리고 다른 소개는 필요하지 않을 테니 얼마나 편리한 일이야? 운이 좋으면 그들이 이해할 수 없는 일을 저질러도 "오죽하면 뱀이랑 살겠어"라고 쉽게 아량을 베풀지도 몰라.
  뱀의 등뼈는 길이에 따라 200개에서 400개라고 해. 불면에 시달리는 밤, 그의 척추뼈를 하나씩 쓰다듬다 보면 이백사십다섯 번째쯤 잠이 들겠지. 알을 낳을 때 손을 잡아줄 수는 없지만, 허물을 벗는 밤이면 코끝을 다정히 문질러 묵은 껍질을 쉽게 벗도록 도와줄 수 있을 거야. 설혹 같이 살 수 없다 해도 뱀은 고독한 자의 소중한 부적이야. 그는 한데 모여 겨울잠을 자거나 교미하는 계절이 아니면 혼자서 나무를 타고 수풀을 헤치며 살아가지. 『리바이어던』에 나오는 '우로보로스'라는 뱀을 본 적 있니? 제 꼬리를 삼켜 하나의 환(環)을 이루는, 홀로 완전한 자. 그는 독인 동시에 치유제이고, 여인이자 사내이며, 지혜이자 정념이야. 끝이 곧 시작이고 시작이 곧 끝이며, 스스로 잉태하고 스스로를 죽이지. 뱀이 되고 싶어. 사랑받지 못해도 눈 하나 깜짝하지 않을 수 있도록.

● 이 글은 에밀 아자르의 소설 『그로 칼랭』을 추억하고, 도르예 커스텐 신노의 수묵화를 바라보며 썼습니다. 또한 그들의 작품에 보내는 작은 인사입니다.

숨겨진 공간을 찾아
다시 감추다

다니엘 아르샴,
「시트」,
2007

흔히 자연의 맞은편에 놓여 무기적인 영구불변함의 표상으로 치부되는 건축물들도 따지고 보면 한정된 삶을 산다. 그들은 녹슬고, 늙고, 숨 쉬며, 진동한다. 우리가 집이 살아 있다고 실감하는 때는 역설적으로 집을 오래 비운 연후다. 긴 여행으로부터 돌아와 첫 발을 들여놓으면 빈 집은 퀴퀴한 황폐의 냄새를 피운다. 한동안 어지르고 때 묻히지 않았으니 말끔해야 마땅할 텐데, 웬일인지 후줄근하고 시들어 있다. 그제야 집과 내가 날숨과 들숨을 주고받고 있었음을 안다. 어쩐지 훈훈한 깨달음이다.

살아 움직이는 집은 영화에서 종종 공포를 생산하는 기계로 등장한다. 비단 흉가만이 아니다. 화제를 모은 저예산 호러 영화 「파라노말 액티비티」는 삐걱거리는 집의 소음, 저절로 닫히는 문, 이유 없이 켜지는 센서 전등처럼 누구나 집에서 일상적으로 겪는 현상을 호러의 원천으로 삼아 공감 서린 비명을 이끌어낸다. 가령 인간의 필요에 반응해 스스로를 최적화한다는 인텔리전트 빌딩은 어떨까? 그 안에서 우리는 한결 자유로운가, 아니면 좀 더 완벽하게 감금된 느낌을 갖는가?

다니엘 아르샴의 평면/입체 작업의 다수는 건축적 구조물이 가진 면과 실루엣, 내부 공간을 갖고 벌이는 환각의 유희다. 고드름이나 석순처럼 돋아나는 기둥, 사람이 누운 해먹의 윤곽 형태로 내려앉은 천장, 리본 모양으로 매듭지어진 방의 모서리, 외부 조명으로 박동하는 빌딩 등이 그것이다. 아르샴의 벽면은 벽으로서 통상적인 의무를 수행하고 있지 않다. 거품을 내며 녹아내리거나 혹은 생성되고 있는 것처럼 조각된 벽면은 '부식'이라는 위협적인 이미지를 목전에 들이미는 동시에 밀폐된 감각을 무너뜨림으로써 해방감을 전한다.

「시트」는 순백의 벽을 웅크린 사람의 몸에 친친 감긴 침대 시트로 바꾸어놓는다. 1미터가 조금 넘는, 사람보다 작지만 일반적인 인형보다는 큰 어정쩡한 크기의 인체 모형은 관람자가 감각하는 공간의 스케일을 불안하게 흔들어놓는다. 그는 지금 아무것도 보고 싶지도 듣고 싶지도 않고, 그저 벽 속으로 스며들고 싶은 것처럼 보인다.

아르샴의 다른 작품 「커튼」(2007)은 유사한 기법으로 하얀 벽면에 주름을 잡아 찰랑이는 커튼으로 바꿔놓았다. 시트와 커튼으로 둔갑한 벽들은, 실제로는 벽이 응당 수행할 기능을 유지하면서도 뒤편에 '음수의 공간 negative space'을 만들어낸다. 그것은 블랙홀이자 초월의 공간이다. 미묘한 예술적 간섭이 지각을 동요시키고 벽과 그 앞에 선 인간의 관계를 부드럽게 변이시킨다.

아르샴은 살아 있는 건축물에 대해 우리가 느끼는 친밀감과 두려움의 양가

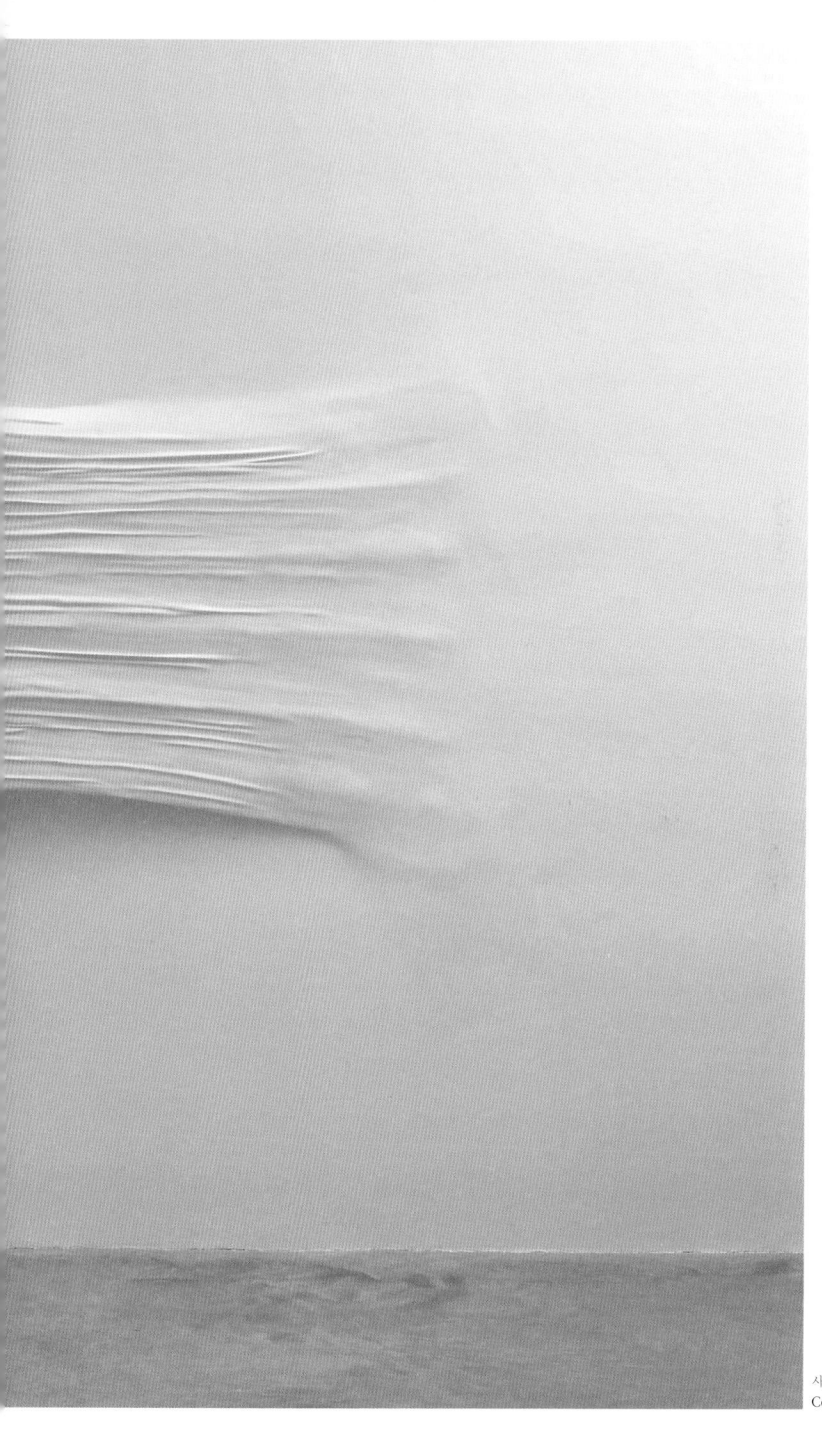

사진 | 앙드레 모랭André Morin
Courtesy Galarie Perrotin, Paris

감정을 절묘하게 끌어낸다. 모든 건축가는 미술가를 꿈꾸고, 미술가는 건축가를 꿈꾼다는 말에 일말의 진실이 있다면 그는 꽤 행복한 사례다.*

• 아르샴은 나아가 건축적 공간을 누구보다 자유롭게 누비고 드나드는 무용가들과도 작업했다. 2006년 머스 커닝엄의 〈아이스페이스EyeSpace〉 공연 세트와 의상 디자인은 그의 명성을 훌쩍 드높였다.

부옇고
덧없는
우주의   한 조각

조르주 피에르 쇠라,
「에덴 콩세르」,
1886~87

오랫동안 나는 조르주 쇠라(1859~91)를 과학자의 업무에 참견한 화가라고만 여겼다. 색 입자를 엄밀하게 병치하고 그 종합은 관람객의 눈에 맡긴다는 신인상파의 광학적 기획은 분명히 치열하고 참신하다. 점묘파 이전에도 이후에도 '그리기'의 과정을 그토록 노골적으로 까발린 유파는 없었다. 하지만 그래서 뭐? 빛이 자아내는 인상과 감흥을 소위 객관적으로 화석화하는 것. 거기에 어떤 아름다움이 있는지 나는 알지 못했다. 내 오만을 거꾸러뜨린 건 영화 「비포 선라이즈」였다. 주인공 셀린(줄리 델피)과 제시(에단 호크)는 저녁의 빈 Wien 거리를 거닐다 쇠라의 드로잉 전시회 포스터를 발견한다. 내일 떠나야 하는 두 사람은 볼 수 없는 전시회다. 포스터의 그림은 「철길」, 그리고 「그랑자트 섬의 일요일 오후」를 위한 습작 중 하나다. 셀린은 언젠가 미술관에서 「철길」을 45분이나 쳐다본 일을 회상하며 총명한 관찰기를 들려준다.

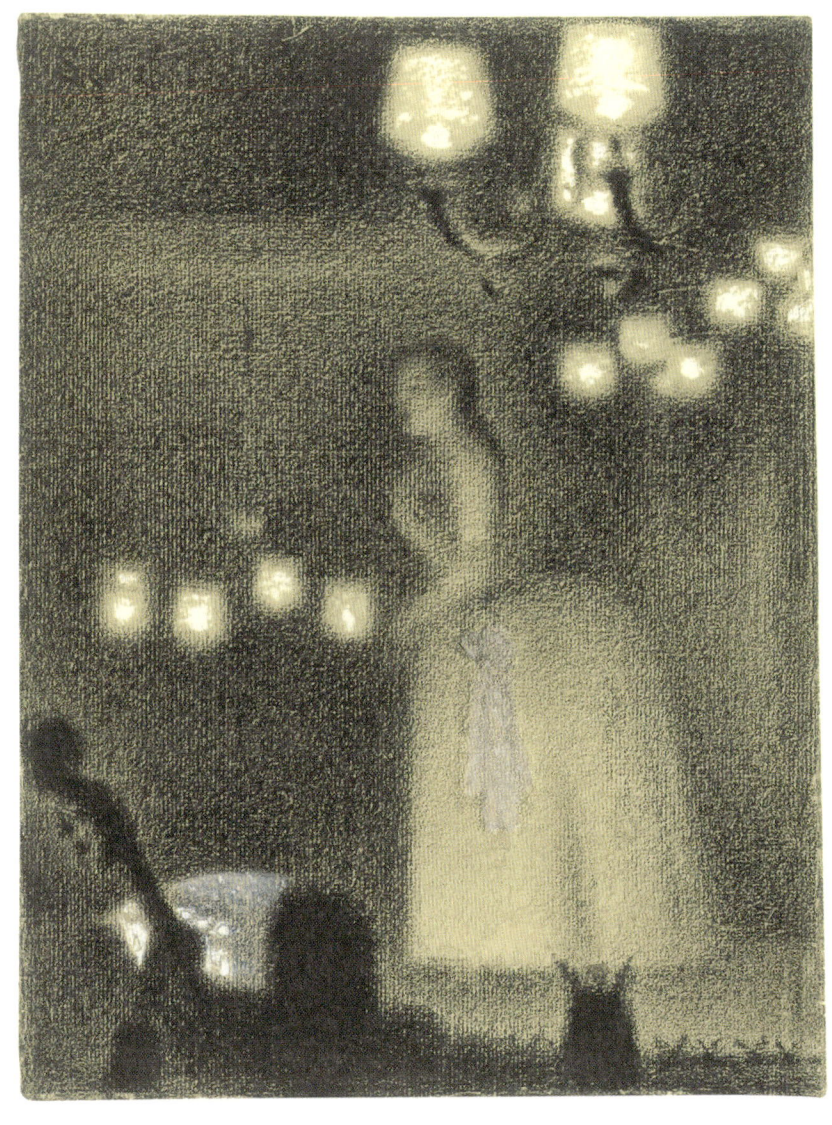

"이 그림에서는 환경이 인물보다 강해 보여. 쇠라가 그린 인간은 언제나 덧없어."

녹듯이 주변 배경 속으로 스며드는 모델을 셀린의 손가락이 가리키는 순간, 나도 쇠라의 마법에 홀렸다.

쇠라가 남긴 소묘는 많은 경우, 유화를 위한 습작이다. 쇠라는 「그랑자트 섬의 일요일 오후」나 「아스니에르에서의 물놀이」 같은 야심작을 구성하는 인물 및 요소를 하나씩 분리해 소묘하고 초벌그림을 그렸다. 양산을 든 부인, 강아지, 트롬본 주자, 심지어 호숫가의 잔디밭도 따로따로 떼어내 그린 다음에야 종합했다. 그렇다면 드로잉은 밑그림에 불과해야 지당할 텐데, 그렇지 않다.

유화 앞에서 지독히 신중한 쇠라는 종이와 콩테를 잡으면 낭만에 휘둘린다. 색점이 또렷또렷한 유화와 달리 그의 소묘 선은 우단의 표면처럼 결을 형성할 뿐 분별되지 않는다. 무른 콩테 크레용과 짜임새가 불규칙한 미샬레 종이. 쇠라가 애용한 두 재료는 서로를 감싸고 저항하며 최소한의 터치로 형태와 빛의 분포, 분위기를 묘파한다. 거미가 자아낸 실로 짠 베일처럼 고개를 돌리면 사라져버릴 것만 같다. 쇠라의 소묘와 유화는 입자를 그린다는 목표는 같지만, 상이한 감정을 불러일으킨다. 결국 쇠라의 집요한 점묘화는 그의 소묘가 직관적으로 알고 있는 답을 뭇사람에게 입증하기 위해 짐짓 나열해 보인 풀이과정의 식처럼 느껴진다.

「에덴 콩세르」의 소재는 도시와 교외의 경계에 사는 가난한 시민들이 하루의 피로를 달래는 술집의 콘서트다. 쇠라답게 인물의 얼굴에는 표정이 없고, 가스등 불빛과 그림자, 애소하는 가수의 손은 동등하고 동질적으로 묘사된다. 취기가 오를 때면 차오르는, 나와 세상이 하나가 된 듯한 안온함이 여기 있다.

모든 사물과 인물이 하나로 어우러진 화면은 부옇고 흐릿하지만 이 공간에 서린 감정을 정확하게 전달한다. 영화 「비포 선라이즈」에서 한 집시는 제시와 셀린에게 이런 인사를 남겼다.

"잊지 말아요. 수억 년 전 별이 폭발해 세상의 모든 걸 만들었어요. 당신도 만물처럼 우주의 먼지로 이루어진 걸 잊지 말아요."

쇠라의 드로잉은 그 진리의 아름다운 물증이다.

잠과
꿈

웬델 캐슬,
「들리는, 보이지 않는」,
1989~90

　「들리는, 보이지 않는」은 실내 공간을 나눌 때 사용하는 스크린, 즉 칸막이다. 시선을 차단할 필요가 있는 침대나 옷장 앞에 놓여 가림막 구실을 하는 가구 말이다. 그 안쪽에는 소중하고 연약한 물건들이 놓이게 될 것이다. 당신이 이 작품을 보고 어디 쓰는 물건일까 잠깐 고민했다면, 디자이너 웬델 캐슬(1932~)은 득의에 찬 미소를 지을 것이다. 미술학교 조각과 출신으로 가구 제작을 정식으로 공부한 적이 없는 캐슬은, 보는 사람으로 하여금 어느 각도에서 봐야 할지, 어떻게 사용해야 옳은지 궁리하게 만드는 가구를 창작하길 즐긴다. 그러다 보니 때로는 가구의 뒷면부터 디자인하는 경우도 있다고 한다. 다리보다 상판이 작은 테이블, 나무로 깎은 재킷이 등받이에 붙어 있는 의자 등 위트와 연극성이 명인적 기술과 결합된 기기묘묘한 가구들이 그렇게 탄생했다. 그 자신은 조각에서 가구로 전공을 바꿨다고 여기지 않는다. 가구도 조각

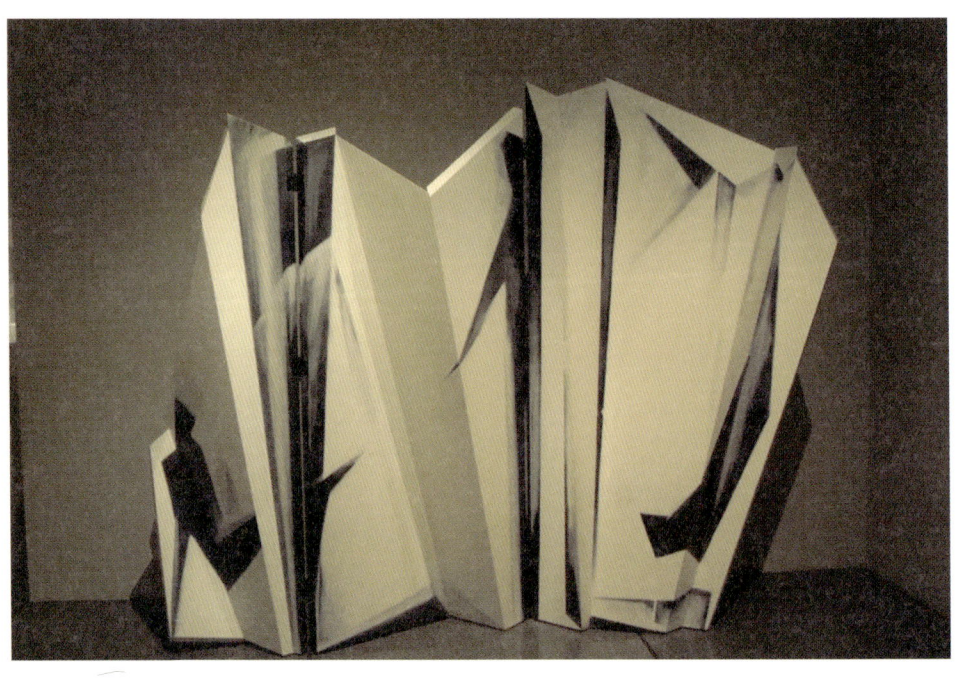

이라고 믿기 때문이다.

본인이 제작한 가구가 예술품으로 향유되고 수집되길 원하는 캐슬은 브랑쿠시, 호안 미로 등 유럽의 다양한 예술가들로부터 영감을 취했다. 이 작품이 빚진 상대는 로베르트 비네 감독이 연출한 독일 표현주의 영화의 걸작 「칼리가리 박사의 밀실」이다. 영화 속에서 칼리가리 박사는 최면술로 사람들을 조종해 악행을 저지른다. 「들리는, 보이지 않는」의 디자인은, 칼리가리의 꼭두각시가 된 체자레가 희생자를 안고 지붕을 건너뛰고 거리를 질주하다 탈진하는 명장면을 한데 응축하고 있다. 흰색과 암청색은 흑백 필름을 채색한 오리지널 영화의 컬러를 반영한 선택으로 보인다.

「칼리가리 박사의 밀실」은 영화학자 지크프리트 크라카우어가 파시즘의 임박을 예고하고 있다고 평한 영화로, 현대 호러의 선조이기도 하다. 위태롭게 기울어진 벽과 계단, 삐죽삐죽한 예각의 스카이라인으로 조성된 「칼리가리 박사의 밀실」의 공간은 물리적 풍경보다 정신적 풍경mindscape에 가깝다. 「들리는, 보이지 않는」이라는 제목을 붙이며 캐슬은 아마 상대의 실체는 보여주지 않으면서 수상쩍은 그림자와 소리만으로 심장을 조이는 독일 표현주의 영화의 기교를 염두에 두었을 것이다. 어느 모로 보나 이 작품은 마음을 가라앉혀 휴식과 숙면을 돕는 가림막의 기능에 부합하지 않는다.

번잡한 상념과 싸우며 잠을 간청해본 사람이라면 잠으로 통하는 입구가 난마처럼 얽힌 험로임을 알 것이다. 『골렘』의 작가 구스타프 마이링크는 이렇게 썼다.

"나는 자고 있는 것도 아니고 깨어 있는 것도 아니다. 반수면 상태에서 내 마음속에서는 내가 겪은 일들과 책에서 읽거나 다른 사람들에게서 들은 얘기들이 한데 모여서 온갖 빛깔로 반짝이며 흘러가는 강물이 되어 서로 뒤섞인다.”

그의 말에 공감할 수 있는 이에게 「들리는, 보이지 않는」은 잠과 꿈의 훌륭한 이미지다. 반수면 상태의 의식 속에서 수런거리는 무수한 낮의 그림자들, 가파른 장면 전환, 비밀스런 논리로 펼쳐지는 꿈의 두서없는 주름이 한 장의 스크린에 어울려 빙벽처럼 떡하니 버티고 있다. 하긴 영화 역시 잠 없는 꿈 아니던가. 「들리는, 보이지 않는」은 스크린으로 만들어진 스크린이다.

굿 나잇.

밤의
입구

제임스 맥닐 휘슬러,
「청색과 금색의 야상곡—낡은 배터시 다리」,
1872~73

밤은 내린다. 아침이나 낮에는 어울리지 않는 동사 '내리다'가, 밤을 주어로 삼으면 스르륵 날개를 편다. 밤은 사물과 풍경을 덮어 크리스토와 잔 클로드의 거대한 포장 설치 작품처럼 부드럽고 대범한 덩어리만 남긴다. 미처 사라지지 않은 일광의 노란 흔적이 다가오는 밤의 암청색과 마주치면 초록이 감도는 깊은 파랑이 공기 중에 번진다. 강가에서 맞이하는 '개와 늑대의 시간'은 한층 장중하니, 침착히 가라앉은 물의 청색이 낮게 드리운 하늘의 그것과 만나 거대한 블루의 화음을 이룬다. 우주의 움직임이 홀연 정체를 드러내는 시각. 경건한 이는 신을 생각하고, 고독한 이는 비로소 다시 혼자가 될 수 있는 짧은 평안에 한숨을 내쉬며, 젊은이들은 이제부터 하루 중 가장 근사한 일이 일어나리라는 기대에 설렌다.

제임스 맥닐 휘슬러(1834~1903)는 강과 어스름을 사랑한 화가였다. 여러 나라

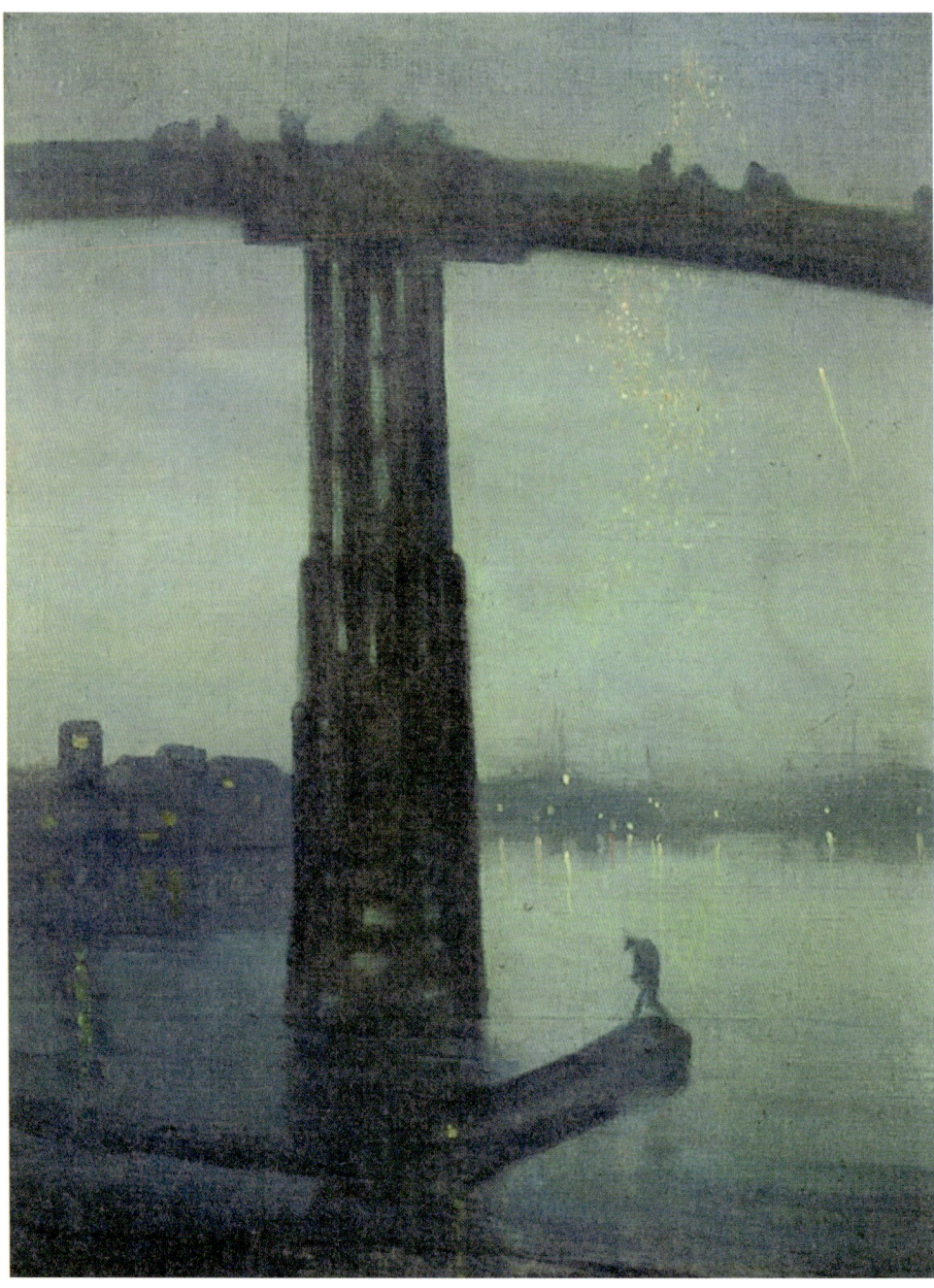

를 전전한 휘슬러의 삶 곁에는 미국의 코네티컷 강과 허드슨 강, 러시아의 네바 강 그리고 런던의 템스 강이 언제나 흐르고 있었다. 우아한 취향을 뽐내는 댄디였던 휘슬러는, 프랑스 인상주의 화가들의 호들갑스러운 빨강과 울부짖는 노랑을 탐탁지 않아 했다. 대신 그는 색채의 은근한 하모니에 몰두했다. 형태를 단순화하고 따로 놀던 색채를 통합하는 황혼과 밤에 그가 반한 것도 당연하다.* 휘슬러의 지인들에 따르면 그는 해가 기울기 시작하면 더욱 열정적으로 붓을 놀렸다고 한다.

템스 강변의 저녁을 그린 「청색과 금색의 야상곡: 낡은 배터시 다리」는 그의 '야상곡' 연작 중 대표작으로 꼽힌다. 육중한 교각과 상판으로 이루어진 배터시 다리는 화면을 구성한 수평선과 수직선에 대범하게 조응하며 심도가 평평해진 해질녘의 시야를 보여주는 동시에 근경과 원경을 갈라 공간감을 표시하고 있다. 전경의 허리를 굽힌 뱃사람의 실루엣은 강과 다리의 규모를 간접적으로 전달한다. 섬세하게 변주된 청록색이 화폭 전체를 압도하는 가운데, 강 건너 공장과 창고의 불빛, 어둠으로 녹아들기 직전인 사람과 배의 실루엣이 쐐기처럼 마음에 들어와 박힌다. 그림 전체를 통틀어 유일하게 붉은 색을 쓴 원경의 미미한 점 하나는 풍경 전체에 상상 이상의 따뜻한 효과를 주고 있다. 하늘에 덧없이 흩어지는 로켓의 황금빛 자취는 낮과 밤이 교차하는 마술

---

* 만물을 하나의 무드 속에 녹여내는 밤을 제대로 그리기 위해 휘슬러는 기법에도 만전을 기했다. 필요한 테마 색상- '소스'라고 불렀다-의 물감을 미리 다량 섞어두었고, 가로 방향의 큰 붓질이 행여 흘러내릴 물감으로 망가질까 염려해 캔버스를 바닥에 눕힌 채 작업했다. 하늘과 강, 건물이 그렇게 그려졌다. 한편 「청색과 금색의 야상곡」과 같은 기법으로 그려진 연작 「검정과 금색의 야상곡: 추락하는 로켓」을 보고 비평가 존 러스킨은 "굈멋 든 페인트 한 단지를 대중의 눈앞에 동댕이쳐놓고 200기니를 요구하는 뻔뻔함"이라며 비난하기도 했다. 휘슬러는 이에 발끈해 러스킨을 중상죄로 고소했다.

적 시간의 무상함을 노래한다.

　교묘한 생략으로 완성된 야상곡. 이 화폭에 귀를 기울이면 어느새 한 줄기 강물로 흘러가는 풍부한 펼침화음이 들려오는 것 같다. 화가는 이런 말을 남겼다.

　"빛이 사위고 그림자가 깊어지면 사소한 디테일은 사라지고 자질구레한 모든 것이 퇴장한다. 사물은 위대하고 강력한 덩어리로 보인다. 단추는 보이지 않지만 옷은 남는다. 옷은 보이지 않지만 모델이 남는다. 모델도 보이지 않게 되면 그림자가, 그림자조차 사라지면 마침내 그림이 남는다."

아무도
모른다

김정희,
「세한도」,
1844

　고향으로 돌아가 잠시 행복을 누렸던 전 대통령의 때 아닌 죽음이 사람들의 가슴속 줄 없는 거문고를 슬피 울렸던 그 봄, 완당 김정희(1786~1856)의 「세한도 歲寒圖」가 새삼 시야를 파고들었다. 거기 서린 절대 고독과 혹독한 한기가 내 어깨를 잡아 돌려세운 것이다.

　옛 기록은 김정희를 일컬어 "사람과 마주 말할 때면 화기애애하여 모두 그 기뻐함을 얻었다. 그러나 무릇 의리냐 이욕利慾이냐 하는 데 이르러서는 그 논조가 우레나 창끝 같아 감히 막을 자가 없었다"고 전한다. 명문가 출신의 석학 김정희는 학문적 성취와 서화의 빼어남을 널리 인정받았으나, 현학적이고 오만하다 하여 미움도 샀다. 55세가 넘어서는 두 차례 유배를 가는 고초를 겪었다. 1840년부터 8년에 걸쳐 치른 그의 제주도 귀양은 개중 가혹한 위리안치圍籬安置였으니, 탱자나무 가시 울타리로 둘러친 집 안에 연금되었다. 김정희

去年以晚學大雲二書寄來今年又以
藕畊文偏寄來此皆非世之常有辨之
千万里之遠積有年而得之非一時之
事也且世之滔々惟權利之是趨為之
費心費力如此而不以歸之權利乃歸
之海外蕉苹枯槁之人如世之趨權利
者太史公云以權利合者權利盡而交
疎君亦世之滔々中一人其有趙然自
拔扵滔々權利之外不以權利視我耶
太史公之言非耶孔子曰歲寒然後知
松柏之後凋松柏是毋四時而不凋者
歲寒以前一松柏也歲寒以後一松柏
也聖人特稱之扵歲寒之後今君之扵
我由前而無加焉由後而無損焉然由
前之君無可稱由後之君亦可見稱扵
聖人也耶聖人之特稱非徒為後凋之
貞操勁節而已亦有所感發扵歲寒之
時者也烏乎西京淳厚之世以汲鄭之
賢賓客与之盛衰如下邳榜門迫切之

極矣悲夫阮堂老人書

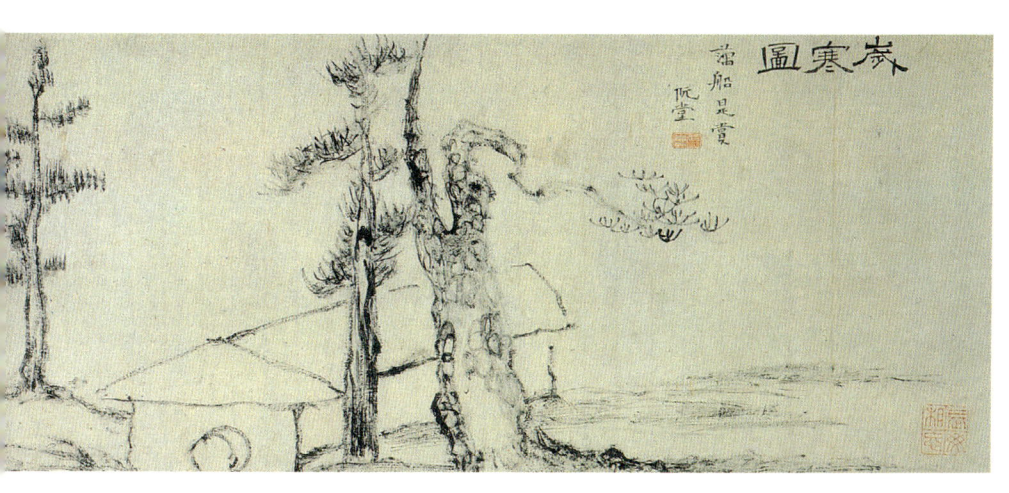

는 친지에게 보낸 서신을 통해 귀양살이 음식이 얼마나 거친지, 지네와 벼룩
이 얼마나 성가신지, 외로움과 병고를 상세히 한탄했다.

"허공을 뛰어오르려 해도 허공이 오르는 것을 받아주지 않고, 땅에 처박히
려 해도 땅이 또한 뱉어내버려 이럴 수도 없고 저럴 수도 없는 지경이니, 미치
고 거꾸러져서 나갈 곳을 모르겠습니다."

「세한도」는 궁벽한 처지가 된 그를 저버리지 않고 귀한 책을 구해다준 제자
이상적의 의리에 화답한 그림이다. 추운 겨울이 오고서야 소나무와 잣나무가
늦게 시듦을 안다는 뜻을 담고 있다. 화면 오른쪽 하단에 갈필이 부비고 간 자
국이 얼어붙은 벌판을 묘사하고, 가장자리만 선으로 그려 하얀 초옥은 그림
전체를 백설에 뒤덮인 풍경으로 보이게 한다. 왼쪽 잣나무 두 그루와 오른편
의 젊고 늙은 소나무 두 그루도 묘사가 간략하고 허허롭다. 가장 이상스러운
것은 초옥이다. 맞배지붕의 각도와 측벽의 원근법이 제멋대로다. 조선시대 집
에서 보기 힘든 둥근 창도 독특하거니와 창의 두께가 보이는 방향도 이치에
어긋난다. 오직 뻥 뚫리고 이지러진 마음의 거처를 표상한 것이 아니고서야.
즉, 이 모두는 실경이 아니라 집과 나무라는 관념이며 정신의 살풍경이다. (완
당은 「세한도」를 한여름에 그렸다.) 화면 속 모든 것이 흐릿하고 메말라 보이지만,
가까이서 살펴보면 되직하게 갈아낸 초묵을 쓴 것을 알 수 있다. 척박한 환경
과 쇠한 정신에 붓의 기운은 수척했으나, 글과 그림의 피와 살을 이루는 먹의
농도에서는 물러섬이 없었던 것이다.

「세한도」는 조형미가 절묘한 미술품이라기보다 그림을 빌려 쓴 시 혹은 편
지다. 옛 선비에게 서書와 화畵는 구별의 대상이 아니었다. 하물며 난초를 초서
와 예서를 쓰는 필법으로 쳤던 김정희다. 실제로 그는 이상적에게 서한을 쓰

다 문득 멈추고는 편지지 세 장을 이어 「세한도」를 그렸다고 추정된다. 노송의 침엽과 서명이 맞닿은 부분은 글과 그림을 절묘하게 맺고, 선까지 그어 정갈하게 써내려간 서신은 「세한도」를 마무리하는 불가결한 요소다. 재미있게도 훗날 「세한도」는 10미터가 넘는 그림이 되었다. 이 작품에 감명 받은 조선과 중국의 학자들이 감상문을 횡으로 붙여 늘어뜨렸기 때문이다. 참으로 기나긴 그림이요 사연이다. 학자들의 추신 위에, 떠나간 이의 유서에 화답해 끝도 없이 나부끼던 노란 리본의 메시지가 겹쳐지는 것은 어설픈 상념일까.

물
끄
러
미

바라보다　가

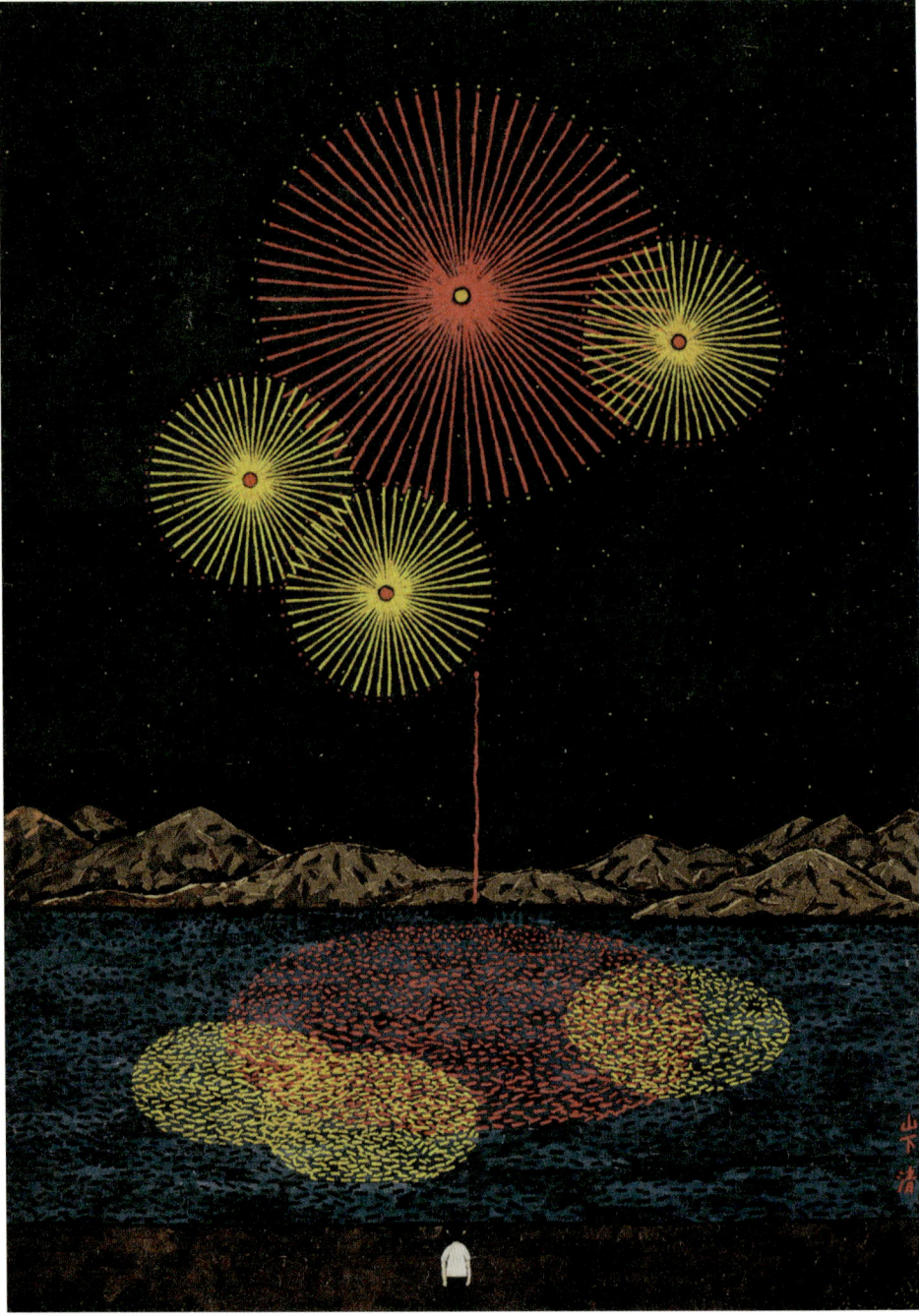

느리고
고된
섬광

야마시타 기요시,
「불꽃놀이」

초여름 주말, 야외 공연에 갔다가 말미에 불꽃놀이를 선물 받았다. 요란한 폭죽잔치가 아니라 색의 조화를 고심한 꽃다발 같은, 여성적인 불꽃이었다. 산산이 흩날리는 불의 꽃을 그날 밤 꿈에서 다시 보고 싶은 마음에 콘서트 입장용 팔찌를 풀지 않은 채 잠을 청했다.

불꽃이 작렬할 때 사람들은 말하기를 멈춘다. 꼬리를 흔들며 솟구치는 불씨의 '피융' 하는 비명에 귀 기울인다. 불꽃놀이란 대개 군중 속에 섞여 보게 되지만 개인의 내밀한 기억으로 애장되곤 한다. 왜일까? 우선 소중한 사람과 함께 구경하는 일이 많기 때문일 것이다. 예고된 불꽃놀이를 부러 탐탁지 않은 사람과 보러 가는 경우는 거의 없다. 또한 불꽃놀이는 찰나적이다. 그리하여 우리 의식에 지워지지 않는 점을 찍는다. 불은 적극적인 욕망을 상징하는 동시에, 사로잡은 대상을 태워 무화시키는 이율배반적 원소다. 완성의 순간은 곧 수십만 개의 소멸로 흩어진다. 절정은 곧 죽음이다. 흡사 벚꽃의 미학이다.

불꽃놀이는 색종이 모자이크 기법으로 일가를 이룬 일본 화가 야마시타 기요시(1922~71)의 평생에 걸친 탐닉이었다. 같은 소재를 다룬 그의 많은 작품 가운데, 여기 소개한 그림은 불꽃의 활짝 뻗친 살이 유난히 가늘고, 밤하늘 장관을 올려다보는 구경꾼이 남자 한 명뿐이라는 점에서 도드라진다. 흰 윗도리에 검은 바지, 귀가 드러난 머리 모양을 한 그림 속 남자는 화가 본인이다. 그림 속 그는 너무 조그마해 어린아이처럼 보이기도 한다. 붉고 노랗게 만개한 꽃불들은, 수면의 반영과 다정히 쌍을 이루지만 남자는 혼자다. 그날 밤 야마시타는 정녕 혼자였을 수도 있고, 깊이 고독했던 나머지 혹은 불꽃의 흥취가 도저히 남과 나눌 수 없을 만큼 충만해 사람 무리를 짐짓 생략했는지도 모른다.

야마시타는 지적 장애가 있었고 세 살 무렵 고열을 앓은 다음부터 걸음걸이도 불편했다. 자연, 자라면서 이지메가 따라왔다.• 미술은 그가 유일하게 '수'를 받은 과목이었고, 수공예나 농원 일로 시간을 보내는 것이 낙이었다. 말없는 친구인 꽃과 곤충을 정밀 묘사하는 동안에는 사납게 일렁이던 소년의 마음이 잔잔해졌다. 연필로 밑그림을 그리고 우표, 포장지, 지폐, 색지 등을 잘게 찢어 붙이는 특유의 기법은 학창시절 이미 완성됐다. 고흐에게 꿈틀거리는 필적筆跡이 있었다면 야마시타에겐 손으로 일일이 뜯어낸 종잇조각이 있었다.

• 소년 야마시타 기요시는 그를 괴롭히는 급우들의 물건을 숨기거나 강에 빠뜨리는 식으로 복수했다고 전해진다.

18세에 방랑을 시작한 야마시타는 밥을 얻어먹고 마을을 떠날 때면 작품을 남기곤 했다. 도시락 뚜껑, 쟁반, 밥주걱, 부채 등 검소한 서민의 살림살이가 모두 그의 화폭이었다. 1971년 7월 10일 뇌출혈로 쓰러졌을 때 그가 남긴 마지막 말은 "올해 불꽃놀이는 어디로 갈까?"였다. 머릿속 혈관이 파열되는 순간에도 그는 불꽃을 보았으리라.

야마시타의 색종이 조각은 가까이서 들여다보면 민들레 꽃잎 같다. 연약하지만 조밀하게 서로에게 몸을 의탁해 단호한 형태를 이룬다. 불꽃놀이를 포착한 사진과 회화는 흔하지만, 야마시타의 '하나비(불꽃놀이)' 연작이 특별한 이유는, 섬광의 이미지를 가장 느리고 고된 방식으로 재현하는 역설이 거기에 있어서일 것이다.

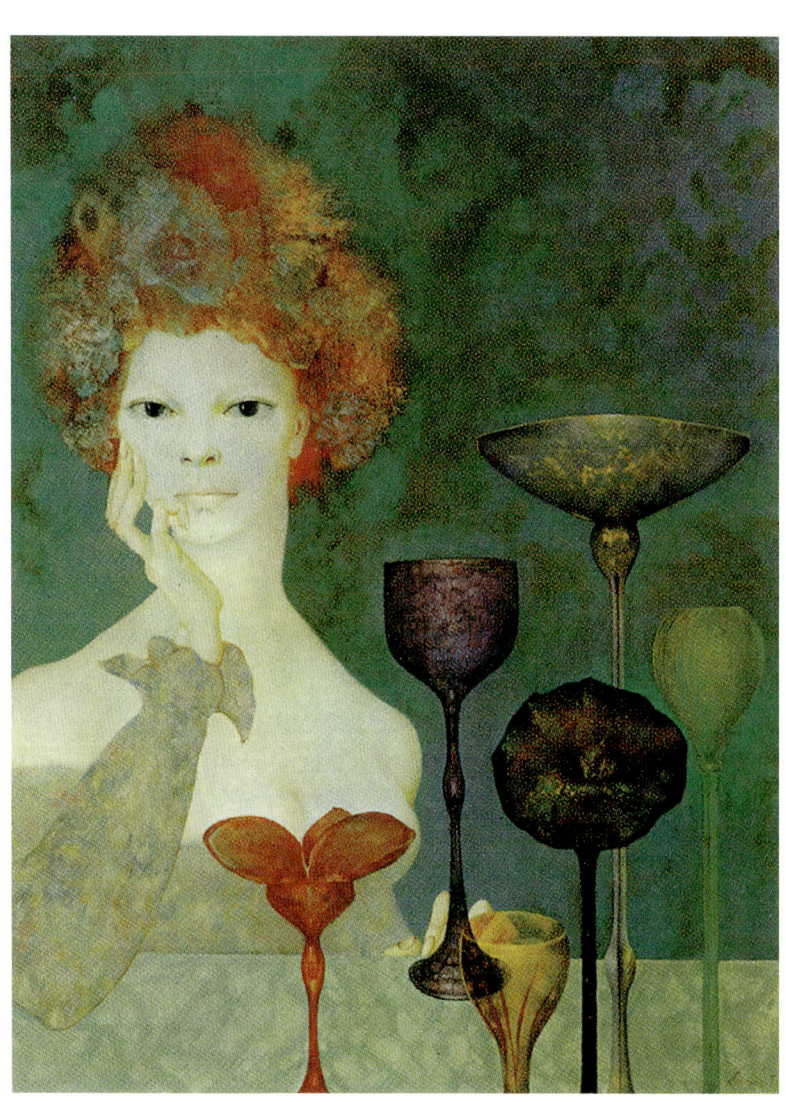

여자의

완성

레오노르 피니,
「봄의 수호자」,
1967

　형형색색의 접시와 사발, 찻잔과 컵이 진열된 그릇 매장을 거니는 여자들의 눈은 은은히 빛난다. 그녀들의 시선은 그릇의 몸체가 그리는 온유한 곡선과 화사한 빛깔, 매끄러운 광택을 음미하는 동시에 그들이 테두리 짓는 동그랗고 움푹한 작은 공간에 담길 향기로운 음식과 행복한 시간을 상상한다. 멋진 구두가 근사한 장소에 데려다주겠노라 약속하듯, 그릇도 여성을 유혹한다. 넉넉한 그릇과 아름다운 잔을 마련해두면 삶의 포만감이 찾아오지 않을까 꿈꾸게 한다.

　레오노르 피니(1908~96)의 몇몇 그림에는 그릇―형태의 물체―을 앞에 둔 여자들이 등장한다. 또한 피니의 작품에서 여성은 그 자신이 강력한 영적인 힘을 담은 그릇이기도 하다. 백일몽과 변신의 모티프를 즐겨 다루었고, 막스 에른스트, 살바도르 달리 등과 교유한 피니를 미술사는 초현실주의 여성 화가로 분류한다. 하지만 본인은 그 명찰을 거절했다. 앙드레 브르통으로 대표되는 초현실주의 그룹이 성적 욕구의 해방을 주창하면서도 여성 혐오증과 동성애 공포증을 드러내고 여성 아티스트한테는 젊은 뮤즈의 역할만 기대한 이중성이 그녀의 반감을 산 것이다. 피니가 그린 여성들은 아마조네스다. 아름다우며 변명을 모르는 지배자다. 자비를 베풀거나 모성을 표현하는 일은 그녀들의 주요 관심사가 아니다. 피니의 그림 속 여자들은 종종 남자 없이 에로틱한 유희를 벌이곤 한다.

옷 갈아입기를 통한 정체성의 둔갑은 모든 여성을 매혹하는 모험이다. 화가, 문인들과 교유하며 파리 예술계의 여왕으로 군림했던 화려한 외모의 피니는 옷과 치장을 통한 '가면놀이'의 달인이기도 했다. 남장 등 독특한 차림으로 각종 모임에 참석했고, 파랑, 주황, 빨강, 금색으로 머리를 물들였다.*

「봄의 수호자」에도 오렌지 빛 머리카락의 여인이 앉아 있다. 라이너 마리아 릴케가 '춤추는 색채'라고 표현한 오렌지는 날 먼저 보라고 아우성친다. 붉은 머리와 창백한 피부로 태양과 달의 기운을 한데 품은 여인 앞에는 여성성과 수용성을 상징하는 잔이 여섯 개 놓여 있다. 키와 투명한 정도가 들쭉날쭉한 색색의 잔에는 세계를 구성하는 원소들이 담겨 있을 것만 같다. 그녀는 마법 약을 제조중인 마녀? 아니면 연금술사? 겨울의 끝을 기다리며 곧 지상에 흩뿌

---

* 어린 시절 레오노르 피니는 이혼한 어머니와 둘이 살았는데 혹시 아버지가 유괴할까 봐 다섯 살 때까지 사내아이 차림으로 지냈다. 혹자는 이 사실에서 그녀의 '가장假裝' 취미의 뿌리를 찾기도 한다. 10대 초반에는 눈병에 걸려 한동안 두 눈을 붕대로 가리고 살았다고 한다. 암흑 속에 갇힌 소녀는 마음의 눈으로 환상적인 이미지를 떠올리곤 했고 회복되자마자 화가가 되기로 결심한다.

릴 생명의 에테르를 준비하고 있는 봄의 여신일지도 모른다. 실을 섞어 베를 짜고 재료를 섞어 풍미를 내는 일, 한 대상에 몰두하기보다 여럿을 엮어 관계를 창조하는 일은 여성의 특유한 재능이기도 하다.

그런데 「봄의 수호자」로부터 눈을 떼지 않고 잠시 버티고 있으면 여인과 잔의 구분이 점점 묘연해진다. 목이 긴 여섯 개의 잔과 여인은 어느새 하나의 운율을 이룬다. 꽃받침 모양으로 벌어진 연둣빛 소매에 덮인 오른팔을 수직으로 세워 화사한 머리를 받치고 있는 여인은, 이 그림 속에서 으뜸으로 빛나는 잔이다. 「봄의 수호자」는 여자의 생애를 함축한 일러스트레이션인지도 모른다. 예쁜 잔을 하나 둘 모으며 누군가 채워주기만 기다리다가 어느 날 자신이 가장 깊은 잔임을 깨닫는 이야기의 삽화 말이다.

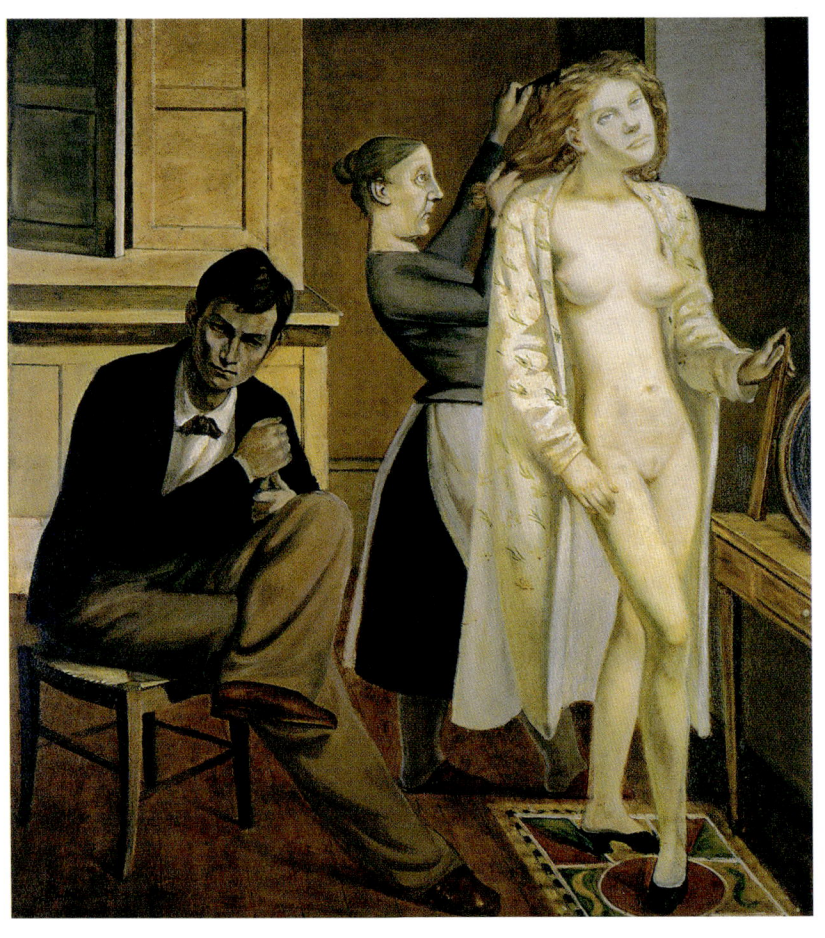

피아가
없는
세상

발튀스,
「캐시의 몸단장」,
1933

　화가 발튀스(1908~2001)는 알프레드 히치콕 감독이 그랬듯 자신의 그림 속으로 슬쩍 잠입하는 습관이 있었다. 작품 속을 미행微行할 때 발튀스는 관람자를 향해 등을 돌린 포즈를 즐겨 취했다. 보통 동그란 뒤통수와 작대기 같은 몸매로 묘사된 화면 속 화가는 개성을 최대한 배제한 '행인 1'에 가깝다. 그림 속 발튀스는 대개 한쪽 발뒤꿈치를 들고 어디론가 바삐 가는 모습이다. 드물게도 화가의 얼굴이 정면을 드러낸 채 다른 인물들과 섞여 있는 작품이 있으니 바로 「캐시의 몸단장」이다.

　「캐시의 몸단장」은 에밀리 브론테가 낳은 불덩이 같은 로맨스 소설 『폭풍의 언덕』 제8장의 한 장면을 그리고 있다. 화가는 어려서부터 이 소설에 각별히 매혹되어 스물일곱 살인 1933년 프랑스 판 『폭풍의 언덕』의 일러스트레이션을 그리기도 했다. 그림 속에서 진주 빛 나신에 가운을 걸친 금발의 여인은 캐

서린 언쇼, 다리를 꼬고 앉은 어두운 안색의 사내는 히스클리프이며 캐시의 머리를 빗겨주는 여성은 소설의 화자인 하녀 넬리 딘이 분명하다. 화가 본인은 의식적 선택이 아니었다고 부인한 바 있으나 「캐시의 몸단장」속 히스클리프의 얼굴은 날카로운 눈매와 짙은 피부색, 옷 취향까지 발튀스 본인의 사진 및 자화상과 빼도 박도 못하게 닮았다.

"내가 바로, 히스클리프야!"라는 캐시의 유명한 대사가 열변하듯, 캐시와 히스클리프는 피아를 분별할 수 없는 영혼의 쌍생아다. 그러나 세속적 행복을 선망하는 캐시는 부잣집에 시집가서 구박 받는 고아 히스클리프를 자유롭게 해주리라는 경솔한 궁리를 한다. 발튀스가 그린 대목에서 캐시는 이웃의 양갓집 도련님 에드거의 방문을 기다리는 참이다. 브론테에 따르면 히스클리프와 에드거는 "황량한 언덕배기 탄광과 아름답고 기름진 골짜기"처럼 대조된다.

캐시와의 오붓한 한때를 기대하던 히스클리프는 그녀에게 외출이라도 하는지 묻고, 여자는 고개를 젓는다. 불길한 예감에 사로잡힌 그는 재우쳐 묻는다. "그런데 왜 실크드레스를 입는 거야?" 그러나 발튀스의 그림 속 세 인물 사이에는 어떤 커뮤니케이션도 부재하며 히스클리프는 불안을 넘어 이미 모든 것을 아는 자의 표정으로 주먹을 부르쥐고 깊이 절망하고 있다. 그는 바로 화가 자신이다. 지금 발튀스는 소설의 한 페이지에 몰입해, 닿지 않는 세계를 향해 손을 내뻗으며 "안 돼!" 하고 소리 없이 외치고 있다. 그의 무력함을 비웃듯, 그림 속 캐시는 정서와 체온을 감지할 수 없는 여신의 모습이다. 그녀는 너무도 하얗고, 거대하며, 차갑다. 그녀는 화면 속의 유일한 광원이기도 하다.

발튀스는 리얼리스트였지만, 현실에 접근하기까지 그의 여정은 환상과 상상, 픽션으로 우거져 있어서 종종 완성작은 소설과 시, 비극의 무대장치처럼 보이곤 한다. 훗날 히스클리프와 스스로를 동일시하지 않았냐는 비평가의 질문에 발뤼스는 "나는 캐시와도 동일시했다. 위대한 서양미술의 다수는 뭔가를 재현하는 예술이 아니라 동일시하는 예술이었다"라고 퉁명스럽게 답했다. 무뚝뚝한 화가가 뭐랬건 「캐시의 몸단장」은 한 명의 창작자가 다른 예술가의 팬으로서 열애하는 텍스트와 영원히 헤어지지 않는 한 방법을 보여준다. 하긴 예술가가 아니더라도 우리 모두에게는 그런 때가 있었다. 소설과 그림 속 세계와 현실을 가르는 벽이 훨씬 부드럽고 투명해 자유로이 드나들 수 있었던 시절이.

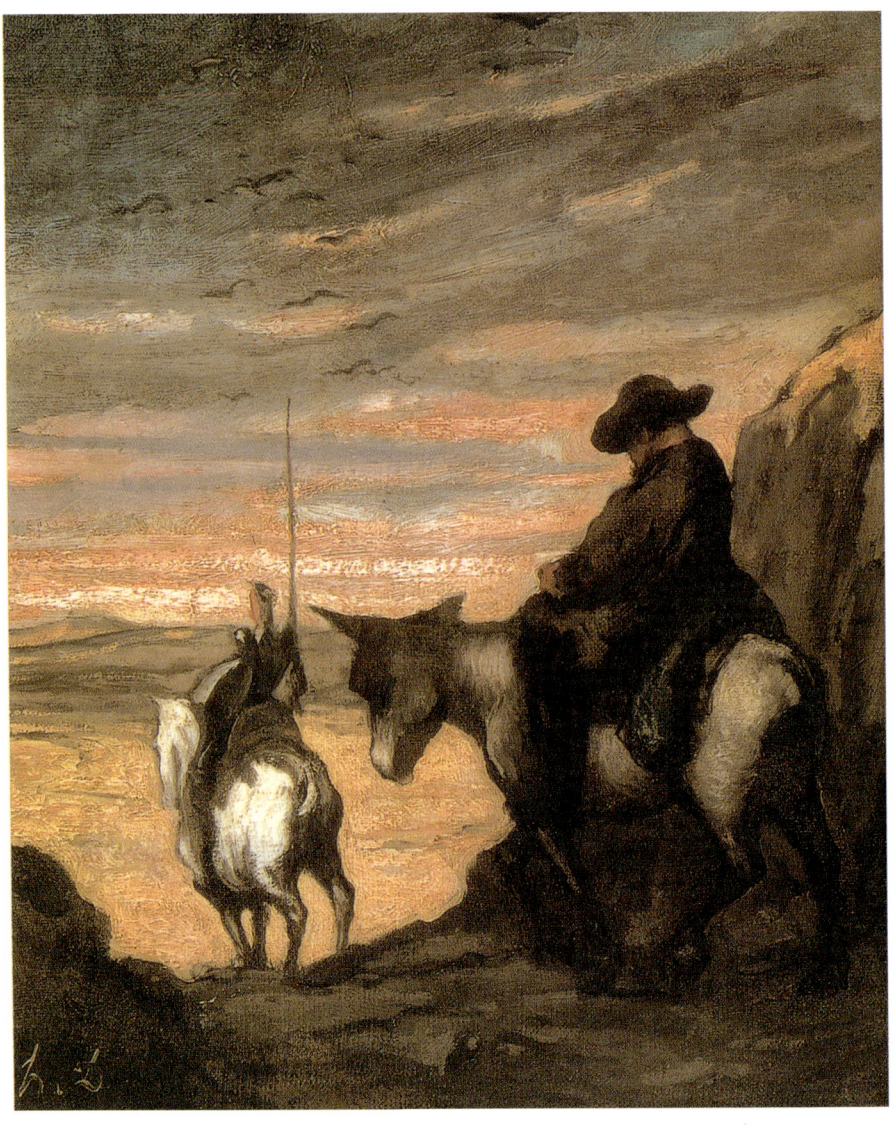

몽상가를
사랑한
현실주의자

오노레 도미에,
「돈키호테와 산초 판자」,
1866~68

이게 다 소설 탓이다. 라만차의 귀족 알론소 키사노는 기사도 문학에 탐닉한 나머지 자신이 읽은 것이 글자 그대로 사실이라고 믿는다. 영문 모르는 동네 처녀를 둘시네아라 이름 짓고 열렬히 숭배하더니, 여인숙 주인을 성주라고 우겨 그로부터 기사 작위를 받는다. 보다 못한 이웃들이 해악의 근원인 책을 없애지만, 불굴의 기사는 새벽을 틈타 다시 넓은 세상으로 도망친다. 있지도 않는 섬 하나를 주겠노라는 맹세에 넘어간 어수룩한 산초 판자를 시종으로 거느리고.

프랑스의 정치적 격동기를 한껏 풍미한 풍자화가 오노레 도미에(1808~79)는 평생 세르반테스의 『돈키호테』를 소재로 유화 29점과 드로잉 49점을 그렸다. 1866~68년 사이에 그려진 이 작품은, 돈키호테와 산초 판자가 집을 떠나는 날을 묘사한 것처럼 보인다. 탁월한 캐리커처 작가였던 도미에는 디테일을 뭉뚱그리는 재빠르고 소략한 붓질로 인물의 개성을 포착한다. 멀리 환상의 인도를 따르는 깡마른 이상주의자 돈키호테의 뒤를, 뚱뚱한 현실주의자 산초 판자가 터덜터덜 뒤따르고 있다. 백마 로시난테 위의 돈키호테가 척추를 꼿꼿이 세운 반면 심드렁하게 등을 웅크린 산초 판자는 당나귀 등에서 끄덕끄덕 졸고 있는 기색이다. 어쨌거나 돈키호테가 치켜든 창은 둘만의 작은 부대를 이끄는 깃발처럼 보인다. 도미에는 여기서 독특하게도 산초를 근경에 놓는 구도를 선택했다.

산초는 누구인가? 그림 속의 남자는 이미 지쳐 보인다. 그는 돈키호테의 드넓은 오지랖과 기행으로 인해 누구보다 깊은 곤경에 처하는 자다. 또한 돈키호테의 '무용담'을 알게 된 뭇사람들이 귀향한 그를 잔인한 장난과 조롱의 대상으로 삼았을 때, 그리하여 돈키호테가 자신의 모든 모험을 부정하고 우울증에 빠졌을 때, 기사의 환각을 되살리기 위해 애쓰는 자다. 그는 돈키호테의 광기에 경악하는 동시에 매혹된다. 독자/관객이 그러하듯.

한눈에 보아도 이 그림은 비웃음이 아니라 애정에서 비롯된 그림이다. 도미에는 어째서 돈키호테 이야기에 반했을까? 일부 평론가는 풍자화가 도미에가 진지한 아티스트로 인정받고 싶은 열망을, 기사도적 이상을 추구하는 돈키호테의 모험에 투사했다고 해설한다. 창은 붓, 방패는 팔레트의 대용물이라는 똑 떨어지는 주석도 있다. 하지만 후련하게 설득되기엔 너무 기계적인 설명이다. 돈키호테는 사회가 꿈꾸기를 허용하지 않을 때 그 거대한 풍차를 향해 돌진하는 개인이 오히려 윤리적일 수 있음을 주장하는 문학적 마스코트다. 돈키호테와 산초를 포함한 도미에의 인물들이 지닌, 표정이 마모된 얼굴과 힘이 들어간 근육은, 삭막한 삶의 조건과 지지 않으려는 오기의 마찰을 생생히 드러낸다. 도미에가 즐겨 그린 시민들─센 강에 아이를 목욕시키는 아버지, 아이 손을 잡고 역풍을 맞으며 걷는 엄마, 멜로드라마에 열광하는 가난한 관객, 저잣거리에서 연희를 펼치는 유랑극단원—의 초상은, 궁극적으로 돈키호테와 같은 질문을 던진다.

"인간은 어떻게 살도록 허락 받아야 하는가?"

꿈에서 깨어나 제정신을 차린 알론소 키사노는 비참해진다. 신념을 위해 목숨을 바치고자 열망했을 때 와주지 않았던 비극은, 기막히게도 그가 모든 로맨틱한 각오를 버리자 불현듯 찾아온다. 모든 허물과 민폐에도 불구하고 산초는 돈키호테를 사랑했다. 우리가 예술을 사랑하는 것과 같은 이유로.

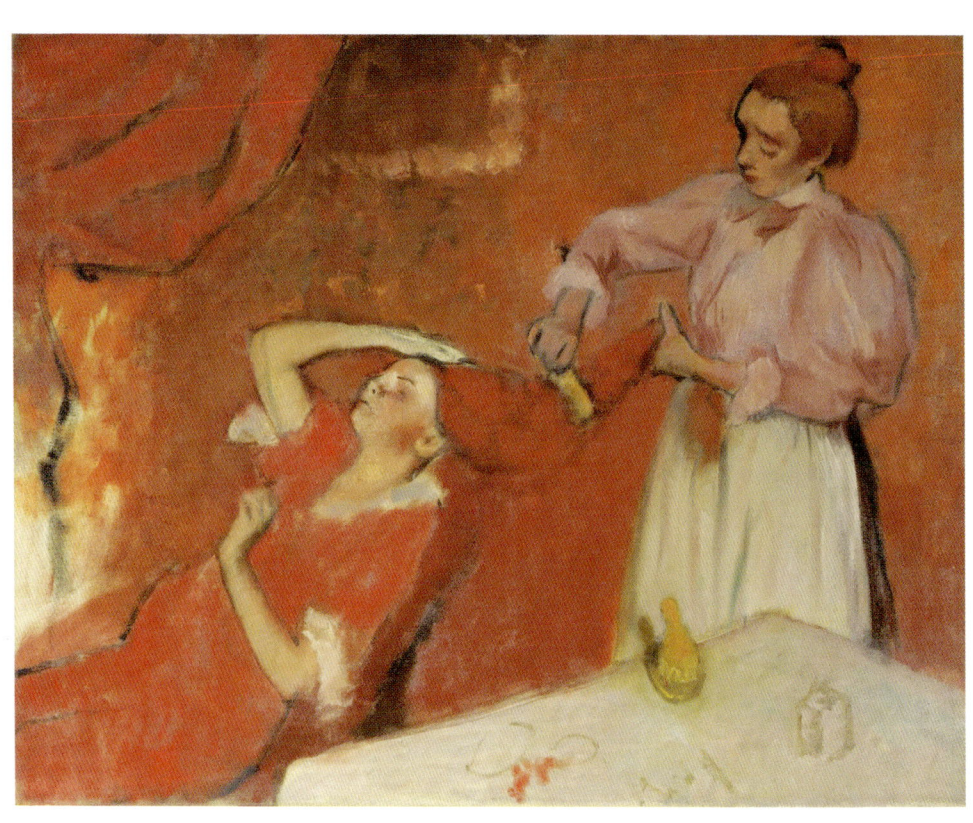

거울
앞의
'몽롱한 집중'

에드가르 드가,
「머리 빗기」,
1892~96

이부자리 정돈, 커피 끓이기, 단추 채우기, 이메일 확인……. 날마다 절반쯤 무의식중에 해내는 일들이 있다. 정신은 잠가둔 채로 감각만 열어 수행하는 일이라고 말해도 좋을 것이다. 호흡 요령이나 걸을 때 팔다리를 내미는 순서를 일일이 인지하지 않는 현상을 좀 고도화시킨 버전이랄까. 그렇다고 이 반자동적 행위들이 생활에서 차지하는 비중이 덜하냐면, 그렇지 않다. 다음 정차 역까지 데려다주는 철로의 구실을 떠올려보자. 아침저녁으로 거울 앞에서 여자들이 보내는 일정한 시간도, 예의 '몽롱한 집중'의 순간 중 하나다.

몸치장은 세상에서 가장 얇은 무장이다. 치장하는 여성은 본인의 섹슈얼리티를 디자인하는 중이며 순수한 즐거움에 겨워 제 외모가 남에게 미칠 영향을 점검한다. 누구도 강요하지 않은 몰입, 흔들림 없는 응시와 세밀하게 조율된 터치, 어쩌면 그들의 손가락에는 '사랑하는 사람이 나를 이런 식으로 만져주

었으면' 하는 바람이 깃들어 있는지도 모른다. 옷을 입었건 벗었건, 그 정경
에는 가까이 지켜보기만 해도 볼이 달아오르게 하는 관능성이 조용히 흐른다.
일부 문화가 여성이 공공장소에서 화장하는 일을 불편하게 여기는 연유도 비
슷하지 않을까.

　몸단장하는 여인들은, 발레의 장면들과 더불어 1880년대 말 이후 화가 에
드가르 드가(1834~1917)의 작품―목탄, 파스텔, 유화, 판화, 조각, 사진을 아우
르는―세계를 독점했다. 거울 앞에서 머리 빗는 여인상은 티치아노가 비너스
를 그린 시대부터 서양미술이 애호한 소재다. 다만 드가의 경우, 거울을 보는
여인의 도취보다 머리 빗는 행위 자체에 몰두했다는 사실이 특기할 만하다.
오직 빗과 수건에 전신의 감각을 모은 채, 창백한 목덜미에 적갈색 머리칼을
늘어뜨린 드가의 여인들이 표현하는 감정은 보는 사람의 마음가짐에 따라 나
른함에서 절망까지 다채로우나, 공통점은 드가가 그녀들의 치장을 에너지와
기교가 필요한 노동으로 묘사했다는 점이다.

　드가는 언제나 일하는 여자들을 그리되 얼굴보다 직업군을 대변하는 체형
을 표현하는 데 진력했다. 운동선수다운 발레리나, 묵직한 골격의 세탁부, 단
단한 팔뚝을 가진 하녀. 어찌 보면 몸단장하는 여자들은 무대 뒤에서 준비 운
동을 하는 발레리나들과 유사한 상황에 처해 있다. 화장은 다음에 연기할 새
로운 역할을 위한 분장이며, 셀프 이미지라는 환시幻視의 세뇌니까.

　1892년에서 1896년 사이에 그려진 것으로 추정되는 「머리 빗기」는 동일한
화재畵材로 앞서 나온 드로잉과 파스텔화를 기초로 삼은 유화다. 모든 가면을
벗고 머리를 풀어 민얼굴의 자신으로 돌아온 여인과 하루의 마지막 노동을 하
고 있는 또 다른 여인이 보인다. 단일 계열로 극단적으로 통제된 팔레트는, 빗
살이 머리칼을 가르는 순간 촉각적 위안을 느끼는 여주인의 잔잔한 전율과 무

덤덤한 하녀의 기품을 하나의 리듬으로 통합하고 있다. 작가 다이앤 애커만은, 우리가 극소수의 사람들만을 머리카락의 길이 안으로, 즉 위험과 낭만의 사정거리 안으로 들어오는 것을 허락한다고 쓴 적이 있다. 「머리 빗기」는 화면 전체에 머리카락 안쪽에 존재하는 공간의 내밀함을 퍼뜨려놓은 그림이다.

마치 테라코타 빛깔의 안료를 주머니에 넣어 캔버스 위에 곱게 두드린 듯한 「머리 빗기」의 채색기법은, 화장과 미술이라는 두 인간적 활동 사이에 걸쳐 있는 다리를 환기시킨다. 빗과 붓이라는 꼭 닮은 단어, 건하게도 습하게도 구사되는 연지와 파스텔의 독특한 물성, 피부를 어루만지는 손과 왁스를 개는 손을 연결하는 공감각을 외면할 수 없게 만든다. 간혹 화장품을 안료로 쓴 것이 아닌가 싶은 로코코 화가들의 귀부인 초상화들과는 또 다른 이유로, 드가의 그림은 우리의 발을 멈춰 세운다. 벽에 걸린 거울이 지나가는 여인들의 눈길을 낚아채듯이.

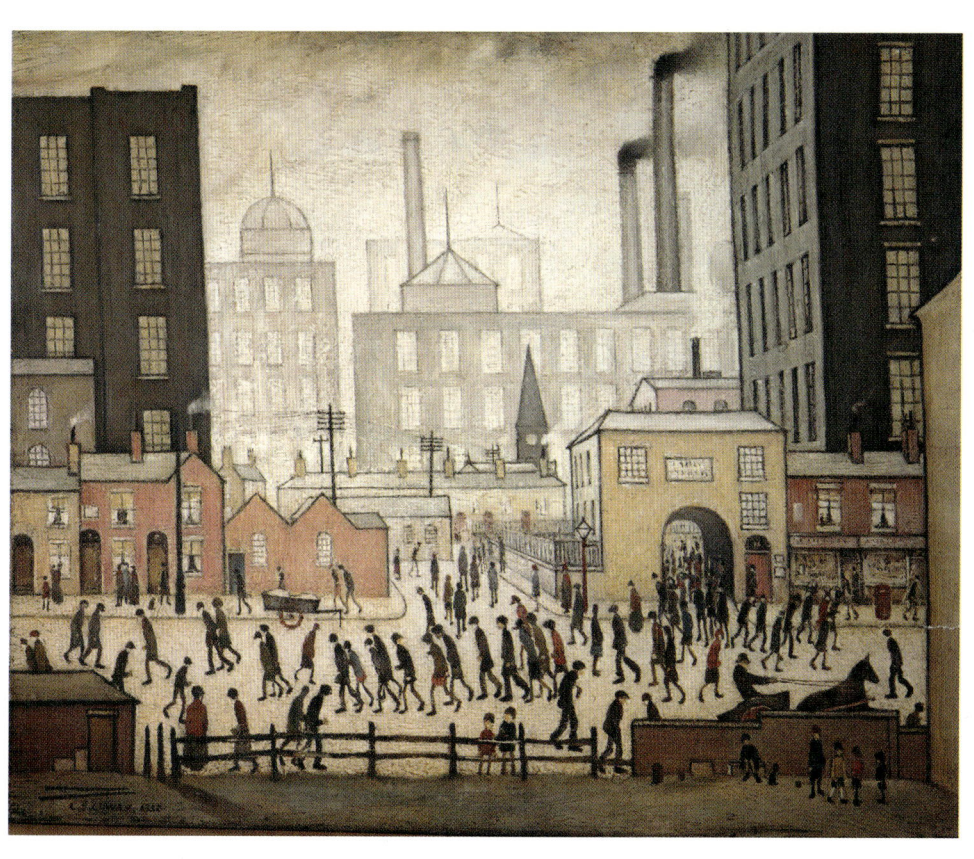

그의 도시 그림을 풍경화라고 부르는 데에는 약간의 망설임이 따른다. 자연의 흔적을 찾을 수 없기 때문이다. 그의 도시는 반드시 사람 무리와 건물, 두 가지로 이루어져 있다. 날씨와 그림자, 이 두 가지는 결여돼 있다. "아무리 노력해도 그림자를 그릴 수가 없다"고 토로한 바 있는 라우리는 바닷가 풍경을 그릴 때조차 수면에 비친 반영은 못 본 체했다. 단일 소실점이 맺히는 지평선 언저리에는 하늘 대신 육중한 건물의 입면이 흐릿하게 드리워 시선을 차단한다. 치솟은 굴뚝이 꾸역꾸역 토해내는 잿빛 연기는 구름과 햇살을 압도한다. 그는 '도시'라는 생활 공간 자체를 '날씨'로, 거대한 '그늘'로 파악하고 있는 듯하다. 1930년작 「공장에서 퇴근하는 사람들」은 뤼미에르 형제의 초기 영화 「공장을 떠나는 노동자들」(1895)의 정지화면 같다. 그림의 주인공인 노동자들은 어깨를 안으로 숙이고 땅을 보며 공장 문에서 우르르 쏟아져 나오고 있다. 주황, 검정, 암청, 황토색으로 한정된 빛깔과 비슷한 모양의 옷을 입은 면봉 크기의 사람들은 각자의 방향으로 바쁘게 갈라진다. 확실히 날씨는커녕 옆 사람에게도 무관심해 보이는 군상이다. 배경을 차지한 건물은 자를 대고 그은 직선과 단색 색면이 어울려 매우 완강해 보인다. 언뜻 20세기 판 브뤼헐의 그림을 보는 듯하지만 여기에는 공동체적 분위기와 풍광이 부재한다. 재미난 역설은, 브뤼헐의 그림은 농촌 풍경을 감상의 대상으로 즐긴 귀족들을 위한 것이었으나 라우리의 그림에서 화가는 그림 속 노동자들의 일원이었다는 점이다.

라우리는 꽤나 괴짜였던 모양이다. 인터넷 백과사전 위키피디아에 모인 일화만 봐도 범상치 않다. '주말 화가'로 업신여김을 당할까 봐 우려한 그는 친구들에게도 따로 직장이 있음을 비밀로 했다. 각기 다른 시각을 가리키는 시계를 거실에 수집했고, 손님을 싫어해서 현관에 여행 가방을 놓아두었다가 누가 오면 "막 떠나는 길이다"라고 거짓말을 하며 피하곤 했다. 캐롤 앤 라우리라는 여자에게는 유산을 남겼는데, 그녀와 화가는 우연히 성이 같아 친분을 맺었을 뿐 혈연관계는 아니었다.

라우리는 처음에는 영국의 도시 풍경을 예쁘장하게 포장한 화가로 평가 받았지만 시간이 흐르면서 작품의 저변에 흐르는 침울함과 기형성, 병적인 면모로 주목을 받았다. 이웃을 향한 온정이 깃들어 있던 초기 화풍은 말년으로 갈수록 냉소적으로 변한다. 본인은 "노동계급을 연민하거나 사회개혁자의 시선으로 바라본 것이 아니라 그들의 모습과 삭막한 주거 공간에서 은밀한 아름다움을 발견했을 뿐"이라고 밝혔다.

이쯤에서 떠오르는 일화가 하나 있다. 라우리는 자신의 집을 불편하고 흉하다고 여기면서도 무려 28년간 살았다고 한다.

"처음엔 싫었고 차차 익숙해졌다. 얼마가 지나자 녹아들었고 그 다음엔 홀렸다."

집세를 걷고 그림을 그리기 위해 무수히 오갔던 샐퍼드의 거리와 광장에서도 그는 같은 마법에 걸렸던 모양이다. 미지근한 술에 취하듯.

정밀
묘사된
실낙원

노먼 록웰,　노먼 록웰,
「도망자」,　「집을 떠나며」,
1958　1954

　도망자라곤 했지만, 그림 속의 꼬마는 가출한 것이 분명하다. 빨간 보자기에 주섬주섬 싼 허술한 보퉁이가 홧김에 꾸린 여장임이 한눈에 보인다. 집에서 그리 멀리 가지도 못한 채 배가 고파 쭈뼛쭈뼛 식당에 들어섰으리라. 동네 순경과 주방장은 어린 도망자의 행색에 모든 걸 눈치챈 듯 사연을 묻는다. 「도망자」가 '가출'의 삽화라면, 「집을 떠나며」는 '출가'의 이미지다. 농사일로 거칠어진 아버지와 대처의 대학으로 떠나는 아들이 허름한 트럭에 걸터앉아 있다. 주머니에서 튀어나온 차표와 아래쪽에 보이는 침목으로 보아 장소는 간이역이며, 날 세워 다린 아들의 양복바지 위에는 어머니가 싸준 도시락과 이별을 슬퍼하는 개의 머리가 얹혀 있다. 이 그림의 드라마는 시선의 교차에서 나온다. 부자는 각자 반대 방향을 보고 있다. 젊은이는 홍조 띤 얼굴로 목을 길게 빼고 다가오는 미래에 넋을 빼앗겼고, 어깨를 늘어뜨린 아버지는 약해지지 않기 위해 모자를 꼭 쥐고 있다. 미국 잡지『새터데이 모닝 포스트』의 표지로 쓰인 이 두 일러스트레이션의 작가는 노먼 록웰(1894~1978)이다.

　록웰의 일러스트레이션에서는 너무 달콤해 오히려 독한 애플파이의 향이 난다. 동심원이나 삼각자를 겹쳐놓아도 한 치 오차가 없을 법한 완벽한 구도 속에 안착한 록웰의 세계는, 귀향 군인을 반기는 이웃, 졸업 무도회의 연인, 칠면조 구이 접시를 든 어머니, 소녀가 데려온 인형을 진지하게 진찰하는 의사 등 평범하고 선량한 미국인들로 북적인다. 록웰은 영화감독 프랭크 카프라가 그러했듯 미국—이라는 이상—을 '발명'했다. 센티멘털리즘의 극치를 구현한 일러스트레이터로 평가 받은 노먼 록웰은 살아생전 늘 평단의 관심 밖에 머물렀다.ᐧ

　그러나 록웰의 이상향은 어디까지나 '현실로부터' 상상 가능한 장소였다. 흑인 민권운동과 관련한 참혹한 사태를 접한 말년의 그는 "47년간 나는 존재 가능한 세계의 가장 이상적 모습을 그려왔다. 이제는 할아버지와 강아지만 그릴 수 없는 때가 왔다"며 「우리 모두의 문제」 같은 작품을 남겼다. 흑인 소녀가 토마토가 투척된 자국이 남은 벽 앞을 걸어 등교하는 광경을 소녀의 키 높이 시점으로 묘사한 그림이었다.

　록웰이 평생 그린 작품 4,000여 점의 주제는 '아메리칸 드림'이었으나 그 꿈들은 지극히 구체적이고 정묘했다. 오직 보이는 것만 믿었던 록웰은 허클베

ᐧ 작가 블라디미르 나보코프는 노먼 록웰과 살바도르 달리에 대한 험담을 한 문장으로 해결했다. 몹시 싫어하는 화가 달리를 욕하기 위해 "어려서 집시에게 유괴된 노먼 록웰"이라는 표현을 쓴 것이다.

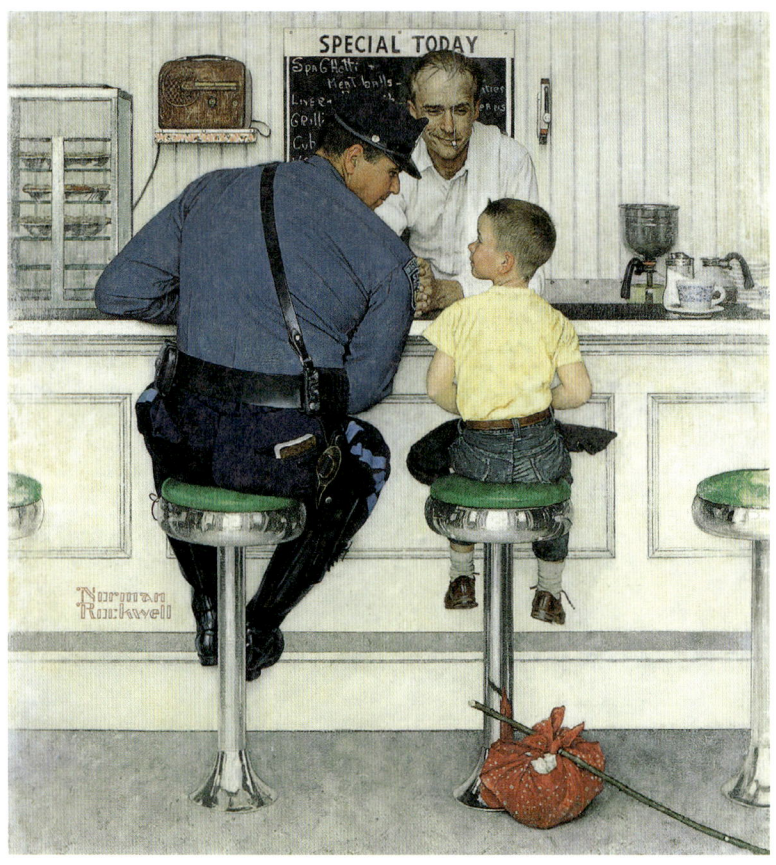

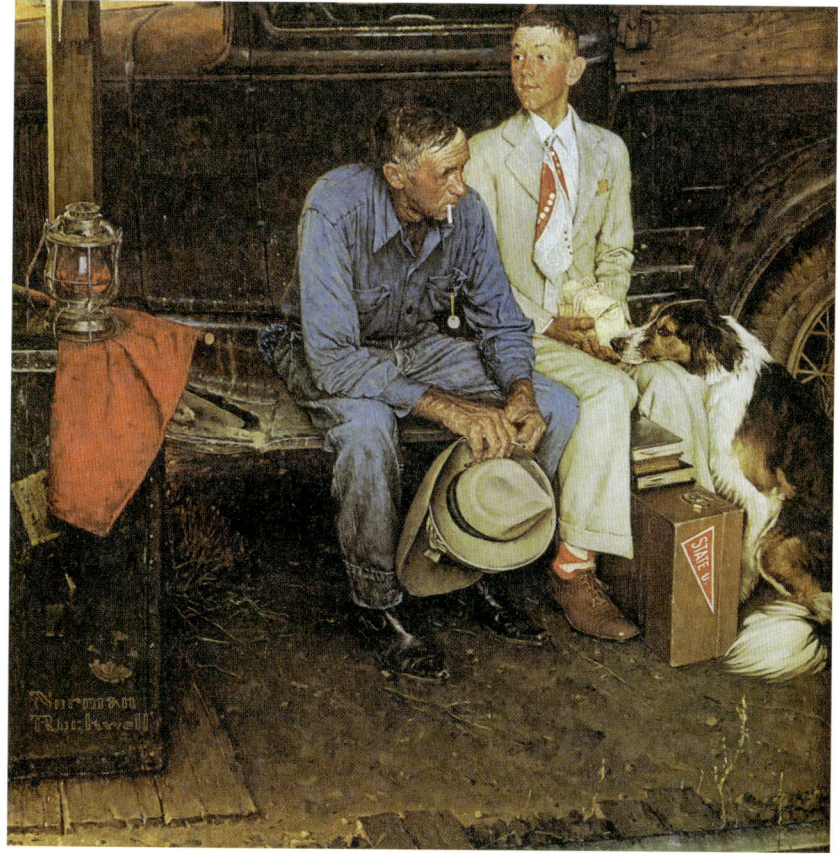

리 핀 이야기의 삽화를 그리기 위해 마크 트웨인의 고향에서 모델의 옷을 구했고, 자서전 한 페이지에는 살아 있는 닭의 포즈를 잡는 요령을 상술해놓기도 했다(그에 의하면 닭을 흔들었다 놓으면 몇 초간 움직이지 않는다고 한다). 하나씩 포착된 화면 안의 모든 모델과 소품은 반드시 주제의 구현에 복무한다. 록웰의 성심 어린 기교는, 화면 안팎의 미국인을 포옹하는 방식이었다.

생전에 아티스트라 불리지 못하고 일러스트레이터라는 이름을 기꺼이 받아들였던 록웰이 자신을 규정한 다른 직함은 '스토리텔러'였다. 그의 그림은 찰나를 담고 있지만, 우리는 직전과 직후의 사태를 쉽게 상상할 수 있다. 「도망자」의 다정한 삼각구도와 두 어른의 자애롭고도 짓궂은 미소는 소년의 안전한 귀가를 예고한다. 「집을 떠나며」의 아버지는 기차의 기적이 울리면 슬픔을 떨치고 화면 왼쪽의 붉은 깃발을 흔들어 아들이 탈 기차를 세울 것이다. 과연 록웰은 탁월한 연출자다. 그를 알고 나면 스티븐 스필버그가 록웰의 자화상을 소장하고 있다는 사실도 놀랍지 않다.*

● 조지 루카스도 노먼 록웰의 작품을 소장하고 있다. 로버트 저메키스 감독의 「포레스트 검프」와 「폴라 익스프레스」에서도 록웰에게 영향을 받은 장면들을 볼 수 있다.

늙은
예술가의
초상

마르크 샤갈,
「두 개의 얼굴을 가진 화가」,
1978

예술가에게 장수는 무엇을 의미할까. 마르크 샤갈(1887~1985)은 97세에 타계했다. 호안 미로보다 2년을 더 산 그는 유럽 모더니즘을 개창한 예술가 가운데 최후의 생존자였다. 제정러시아의 가난한 유대인 게토 지역 비텝스크에서 태어난 마르크 샤갈의 본명은 모세와 연관돼 있고 샤갈이라는 성에는 갈매기라는 뜻이 있다고 한다. 이름이 예언한 탓일까. 그는 어린 나이에 고향을 떠났으며, 러시아로 돌아갔던 짧은 기간을 제외하고 내내 서방을 전전하며 살았다. 샤갈이 떠나온 고향은 전란을 겪으며 멸실되다시피 했다. 그러나 「나와 마을」을 비롯한 숱한 작품을 통해 그의 영혼은 새처럼 부단히 귀향했다.

평생 왕성하게 창작 활동을 했지만, 샤갈의 가장 눈부신 작품은 대부분 서른다섯 살 이전에 생산됐다는 것이 일반적 견해다. 특히 말년의 그림은 메아리와 여진으로 가냘프게 진동하는 기나긴 에필로그에 가깝다. 그의 전성기를

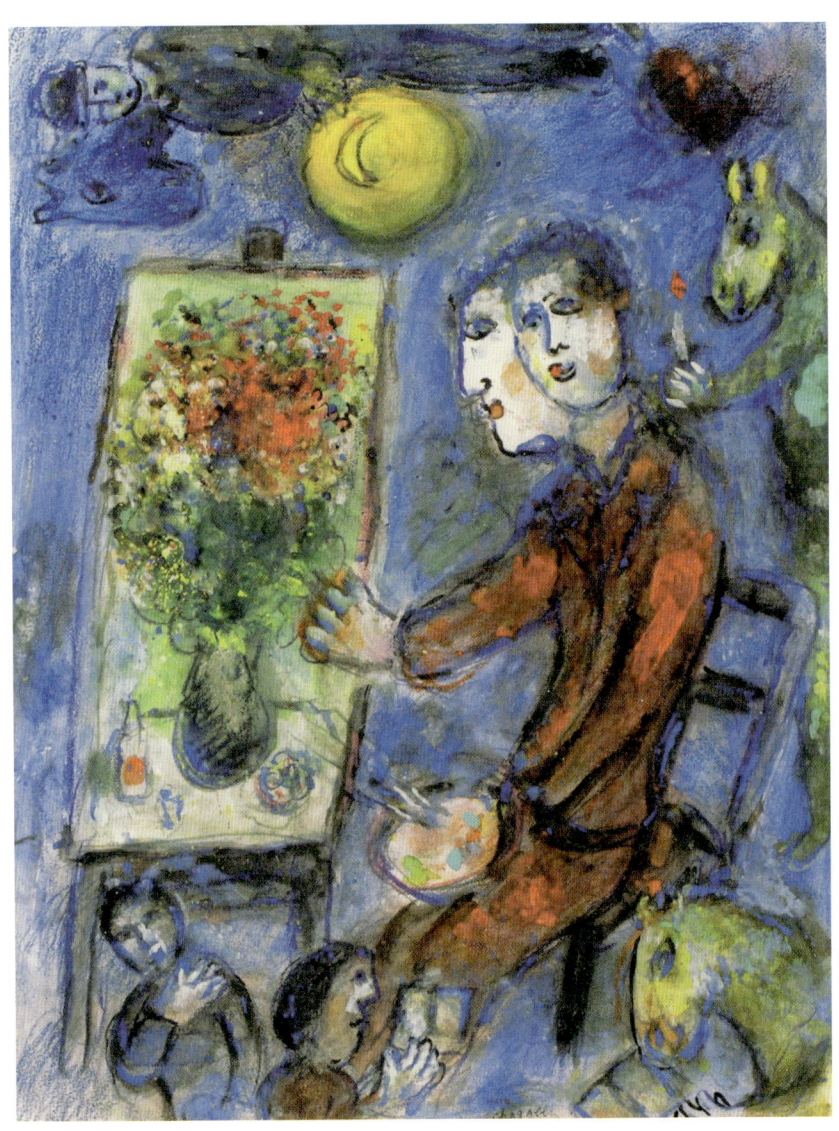

정의했던 열정과 관능, 입체파의 세례를 드러낸 구성의 예각이 사라져버린 자
리에는 희부연 거울에 비춘 과거가 일렁인다. 선은 극도로 가늘어지거나 보푸
라기가 일고, 샤갈 특유의 도상들—염소인지 당나귀인지 모를 동물, 바이올
리니스트, 천사 등—은 녹아버릴 것처럼 흐물거린다.

"신이든 누구든, 나의 한숨을, 기도와 슬픔의 한숨을, 구원과 부활의 기도
에서 나오는 한숨을 화폭에 불어넣을 힘을 준다면."

일찍이 이렇게 간구했던 샤갈의 기도는 노년에 이르러 한층 간절해졌을 터
다. 신이 그에게 허락한 한 세기에 가까운 시간의 부피는 화가한테 벅찬 등짐
이었을까, 날개였을까. 분명한 점은 인생이 역사라는 바다와 합류하는 광경을
그가 목도했다는 것이다.

자화상으로 추정되는 「두 개의 얼굴을 가진 화가」를 샤갈은 아흔한 살에 그
렸다. 초상화는 화가 아니면 모델 둘 중 한 사람이 지배하기 마련인데, 그런
의미에서 화가의 자화상은 흥미로운 협상의 결과라고 해도 좋을 것이다. 이
그림 전체를 호령하는 색은 모든 형체의 윤곽을 긋고 여백마다 범람하는 코발
트블루다. 컴컴한 화실 안에 떠오른 노란 해는 달을 품고 빛난다. 화가는 모델
의 얼굴을 통해 그의 정신을 드러내는 대신 그의 머릿속이 공간으로 흘러넘쳐
급기야 인물을 포위하도록 만들었다. 앞발로 촛불을 감싼 나귀, 책을 읽는 여
인, 날아가는 남자, 숱한 동경과 추억들이 그를 둘러싸고 원무를 추지만 화가
는 그들에게 직접적으로 눈길을 주지 않는다. 아마 그때쯤 화가는 그들을 보
기 위해 굳이 눈이 필요하지 않았을 것이다. 화가의 두 얼굴 가운데 (좀 더 큰)
옆얼굴은 붉은 꽃이 그려진 캔버스에 동요 없이 몰두하고 있으며, 네 개뿐인
손가락은 화폭을 애틋하게 더듬고 있다. 그의 나머지 한 얼굴이 바라보는 대
상은 화면 밖의 관람자다.

신화 속 야누스는 과거와 미래를 한꺼번에 보기에 두 개의 머리가 필요했다. 아흔한 살의 샤갈은 자기보다 오래 살아남게 될 이젤의 그림과, 후대의 관람객을 동시에 바라보며 헤아릴 수 없는 자문에 빠져 있었으리라.

인간
정신의
특별한
구역

조앤 이어들리,
「아이들, 글래스고 항」,
1955

　부모가 찍은 아이의 사진은, 거기 실린 감정적 가치를 제하고 나면 대개 지루하다. 귀엽지만 지루하다. 사진 찍은 이가 대상과 자신을 지나치게 동일시하는 것은 물론 한결같이 사랑스런 이미지를 투사하고 있기 때문이다. 그들은 피사체에 관해 우리에게 말해주는 바가 거의 없다. 맹목이 관찰보다 아름다울 수는 있으나 흥미롭기는 어렵다. 인간을 포함한 어린 동물에게 흔히 쓰이는 귀여움이라는 미적 범주는, 주체가 이질적인 대상을 길들여 편안히 소화하려는 무의식적 노력의 소산일 수 있다. 영화에 등장하는 공룡이나 외계인 '캐릭터'들이 예증하듯이 말이다. 성인의 잠재의식을 통해 바라보자면 어린이는 분명 나와 같은 종種이지만 결정적인 대목에서 다른 기이한 존재들이기도 하다. 너무 작고, 다치기 쉬워 불안한데다, 끝없이 요구를 채워줘야 하며 반응을 예측하기 힘들다. 마음 깊은 곳에서 무서워한데도 이상할 게 없다. 복잡하게 대

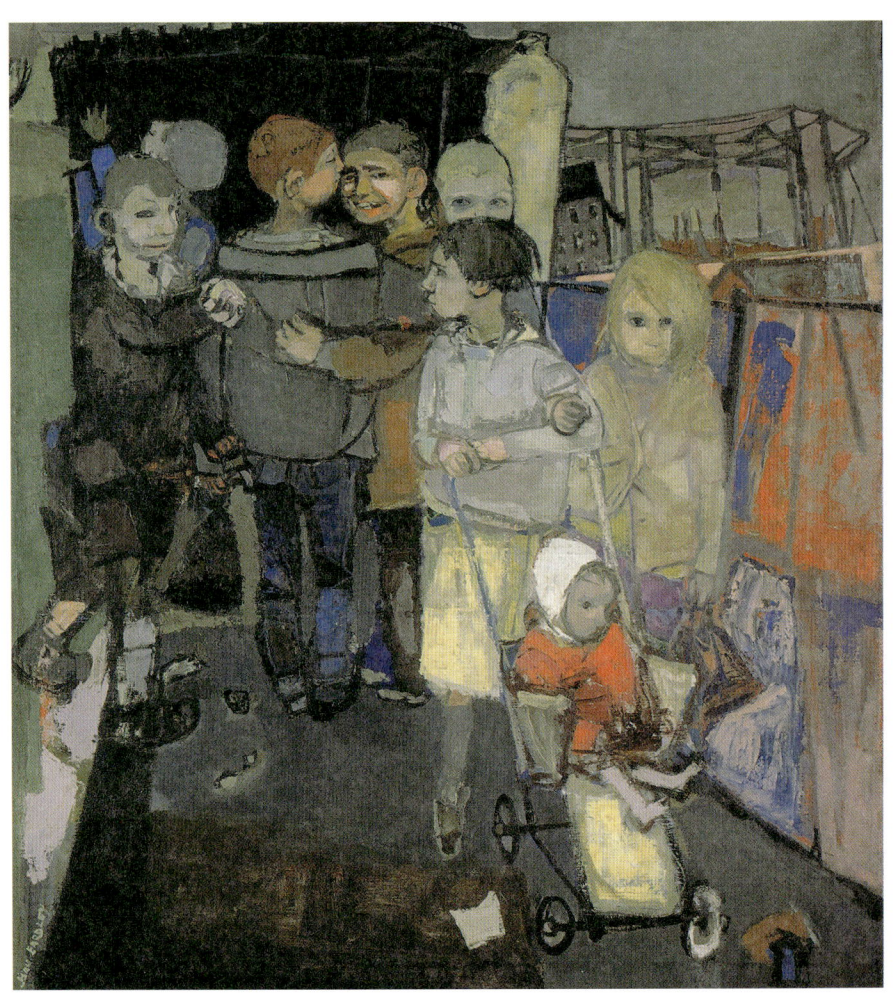

응하느니 귀여워하는 걸로 뭉뚱그려 대체하는 편이 안전하다.

조앤 이어들리(1921~63)가 즐겨 그린 스코틀랜드 글래스고 거리의 아이들은 귀엽지 않다. 그렇다고 어른스러운 것도 아니다. 그들은 그냥 한 사람 몫의 자의식과 개성을 발한다. 잉글랜드 서식스에서 태어난 이어들리는 선장이었던 아버지를 자살로 여의고 제2차 세계대전 중 어머니, 동생과 글래스고로 이주했다. 1941년 3월 클라이드뱅크 공습으로 크게 상처 받은 도시 글래스고는 전후 대대적인 재건 사업을 추진했다. 과거 노동계급 가정이 접하지 못한 현대적 시설을 갖춘 대형 서민 아파트들은 장밋빛 희망을 불러일으키며 들어섰으나 이내 공동주택의 천장은 새고 마루는 무너졌다. 개발 계획이 기우뚱한 채 멈춘 도시의 가난한 거리는 어른들이 일터로 간 낮 동안 아이들의 공화국이 됐다. 포격으로 흉하게 무너진 담벼락과 문 닫은 상점가는 온갖 모험담을 지어낼 수 있는 화려한 놀이터가 되었으리라. 이어들리는 대낮의 거리를 지배하는 어린 시민들을 향해, 또한 그 시간에 선명히 새겨진 어른들의 부재를 향해 셔터를 누르고 이젤을 세웠다.

「아이들, 글래스고 항」은 동생이 탄 유모차를 밀고 가는 두 여자아이와 그들에게 방금 짓궂게 시비를 걸고 스쳐간 게 분명한 다섯 소년의 무리를 그렸다. 자주 손질하지 않아도 좋도록 썩둑 자른 색색의 머리칼과 물려받은 듯 너무 크거나 꼭 끼는 옷들이 아이들의 유니폼이다. 잿빛 골목의 원경에 보이는 크레인이 이 도시가 개축 중임을 알리고 있다. 유모차를 미는 소녀는 개구쟁이들의 도발에 발끈하지만 노랑머리 여자아이는 상대할 필요 없는 애송이들이라고 여기는 듯 무심한 표정을 짓고 있다. 소년들과 두 소녀 사이에는 본인들도 깨닫지 못하는 성적 긴장이 흐른다. 붉은 옷의 아기는 어디선가 신발을 떨궜는지 고사리 같은 맨발이 애처롭다. 시선도 자세도 제각각이지만 아이들 사이에 흐르는 태연자약한 친밀감은 서로를 지탱하는 구도를 형성한다. 친구와 단단히 팔짱을 낀 노랑머리 소녀의 손은 이 화면의 예기치 못한 구심점이다. 담벼락의 마구잡이 낙서처럼 칠했지만 대상을 정확히 잡아내는 이어들리의 붓질은, 물감을 물감인 채로 드러내면서도 리얼한 묘사에 멋지게 성공한다.

이어들리의 그림에 깃든 단순성과 힘은 그녀가 작업을 위해 찍어둔 스냅사진에서부터 역력하다. 흑백 프레임 속 아이들은 헐떡이며 뛰어노는 와중에도 골목 풍경의 친숙한 일부가 되었을 카메라 뒤의 화가에게 종종 대담한 응시를 되돌려준다. 그들은 관찰당하는 동시에 구경한다. 비평가 세라 스티븐슨의 에세이에 따르면 이어들리는 작업실에 초대한 동네 아이들에게 포즈를 요청하기는커녕 실내를 휘젓고 다니도록 내버려두었다고 한다. 톰이 유리창을 깼고 제인이 얼굴에 파이를 뒤집어썼다는 둥 까불고 떠들어대던 아이들이 문득 생각났다는 듯이 화가에게 다가와 "나, 그릴 거예요?" 하고 물으면, 그게 다였다. 식구가 열둘인 이웃 주민 샘슨 씨네 남매들은 이어들리의 단골 모델이었는데, 그들에 대한 화가의 언급은 다음과 같다.

"<u>(남매 중)</u> 어떤 아이는 마음에 안 들고, 어떤 아이와는 잘 지낸다. 남매들은 서로 옷을 돌려 입는다. 어느 날은 바비가 베티의 신발을 신기도 한다. 내가 부탁해도 결코 같은 옷을 입고 오지 않는다. 하지만 상관없다. 그 또한 내가 그 애들에게 받는 느낌의 일부니까."

빈민가 아이들을 그린 이어들리의 작품에서 전후 다큐멘터리 사진과 영국 키친 싱크 리얼리즘*kitchen sink realism*•의 미학을 연상하는 것은 온당하다. 그러나 여기에 "이 참상을 보라!" 식의 지적은 없다. 곤궁한 일상을 영위하며 매일 아침 다시 끓어오르는 세상에 대한 호기심을 안고 재미난 일을 찾아 골목으로 뛰쳐나오는 아이들의 얼굴에는, 일일이 불평하지 않는 강건함과 기묘한 스토이시즘stoicism이 있다. 삶의 특정 시기에만 열렸다 닫히는 인간 정신의 특별한 구역. 그것이 불러일으키는 감정은 귀여움과 연민이 아니라 차라리 존경이다.

● 1950년대부터 60년대 초반까지 영국 영화에 뚜렷이 나타난 사실주의 스타일로, 노동계급의 일상과 이슈를 다루되 시적이고 로맨틱한 관점을 가졌다. 린제이 앤더슨, 토니 리처드슨, 카렐 라이즈 등이 대표적 감독이다.

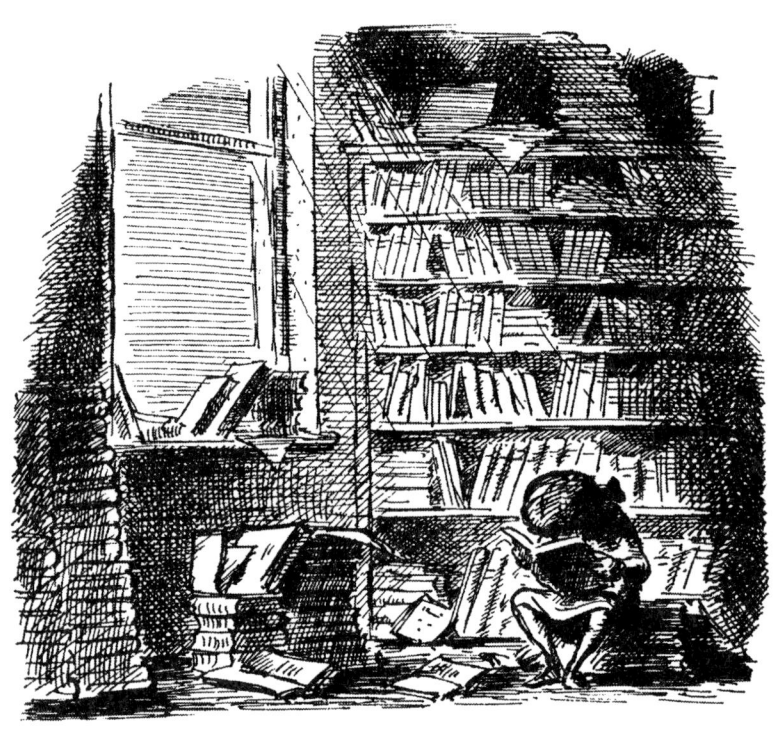

그림이라는 쿠션

에드워드 아디존,
「작은 책방」의 삽화,
1955

　나는 종종 의심한다. 유년의 독서와 달리, 어른이 되고 나서 읽은 책들의 기억이 쉽게 휘발되는 이유는, 그 책들에 삽화가 없기 때문이 아닐까라고. 내게 도도새의 생김새를 가르쳐 준 교사는 『이상한 나라의 앨리스』의 삽화가 존 테니얼이었고, '푸시미펄류'라는 머리 둘 달린 동물의 이상야릇한 이름을 지금도 기억하고 있는 건 순전히 『돌리틀 선생님 항해기』(그때는 '두리틀'이 아니라 '돌리틀'이었다!)의 작가 휴 로프팅이 직접 그려 넣은 삽화 덕택이다. E. H. 셰퍼드가 그린 곰 푸우와 아기 돼지의 뒷모습이 아니고서야 『위니 더 푸우』의 '백 마지기 숲'은 그렇게 다정한 장소가 될 수 없었을 것이다. 『꼬마 니콜라』에 북적거리는 장난꾸러기들의 성격을 구별할 수 있는 건 온전히 장 자크 상페 화백의 공적이다.

　장담하지만 이 뛰어난 삽화들은 내가 아는 한, 타임머신에 가장 가까운 물건이다. 그들은 언제 어디서나 나를 훌쩍 안아 올려 잃어버린 낙원의 오후로 데려다준다. 엄마가 저녁을 먹으라고 부를 때까지 배를 깔고 누워 읽었던 동화책 속 이탤릭체 외래어들의 이국적 유혹, 점자처럼 뒷면에 배긴 조판활자의 자국을 더듬는 간지러움, 새로 산 문고판의 빳빳한 종이에 손가락을 베는 달콤한 통증을 한꺼번에 부활시킨다.

동화작가이기도 했던 에드워드 아디존(1900~79)은 셰익스피어, 디킨즈를 위시한 여러 작가의 책에 삽화를 그렸고 제2차 세계대전 종군화가로서 훌륭한 사료를 남겼으며, 가난한 런던 시민들의 남루한 일상을 따뜻하게 스케치했다. 말을 더듬었으나 빠른 손을 가졌던 그는 그림 그리는 티를 내는 걸 싫어하는 성격이라 스케치북 대신 작은 공책을 성무일과서처럼 끼고 다니며 끊임없이 펜을 놀렸다고 한다. 담뱃갑이나 편지봉투도 그에겐 훌륭한 화지였다. 아디존은 모델인 아내가 나가서 일하는 동안 자녀들을 돌보며 작업을 했다. 그의 딸은 아버지에게서 늘 그림을 곁들인 편지를 받았는데, 편지란 원래 그런 건 줄 알았다가 급우들은 모두 밋밋한 편지를 받는다는 사실을 뒤늦게 알고 깜짝 놀랐다는 일화도 전해진다.

엘리너 파전의 동화집 『작은 책방』의 서문에 실린 삽화 「작은 책방」은 독자를 상냥하게 환대한다. 책벌레 소년 소녀들은 이 그림에서 반가운 자화상을 볼 것이다. 아디존의 그림에는 정밀묘사의 호들갑스런 긴장감이 없다. 슬쩍 그려진 인물의 제스처와 표정이 온유한 화음을 이룬다. 풍랑이나 산불처럼 급박한 상황이라도 아디존이 그리면 왠지 "다 괜찮을 거야" 하는 기분이 들고, 사나운 왕과 장수를 그려도 다치기 쉬운 사람처럼 보인다. 「작은 책방」에서 보듯 아디존은 가는 평행선과 직교하는 평행선으로 묘사한 그늘과 더 짙은 그늘, 더더욱 짙은 그늘을 병치하는 기법을 즐겨 썼는데, 이는 눈을 자극하지 않도록 조도를 낮춘 방에 들어선 기분을 자아낸다. 공기 중을 떠도는 금빛 책 먼지가 손에 잡힐 듯하다. 이처럼 그림자가 화면을 지배하는 그림이 온유한 기운을 발하는 점이 미스터리다.

   삽화가의 재능은 화가의 그것과 통하지만 다르다. 삽화는 무엇보다 '작은 그림'이고 삽화가는 작게 그릴 줄 아는 사람이다. 문장이 독자를 유혹해 상상 세계의 문턱을 넘게 하면, 삽화는 그 안에 안락하게 처박힐 자리를 마련해준다. 그것은 마치 『피너츠』의 라이너스가 자라서도 떼놓지 못하는 푸른 담요와 같다. 에드워드 아디존의 그림은 쿠션과 같다. 회화가 우리를 눕게 한다면 그의 삽화는 우리를 기대게 한다. 자기 마음대로 움직일 수 있는 이미지를 잔뜩 거느린 요즘 어린이들도 동화의 삽화에 매료되는지 문득 궁금하다.

그림 뒤에서

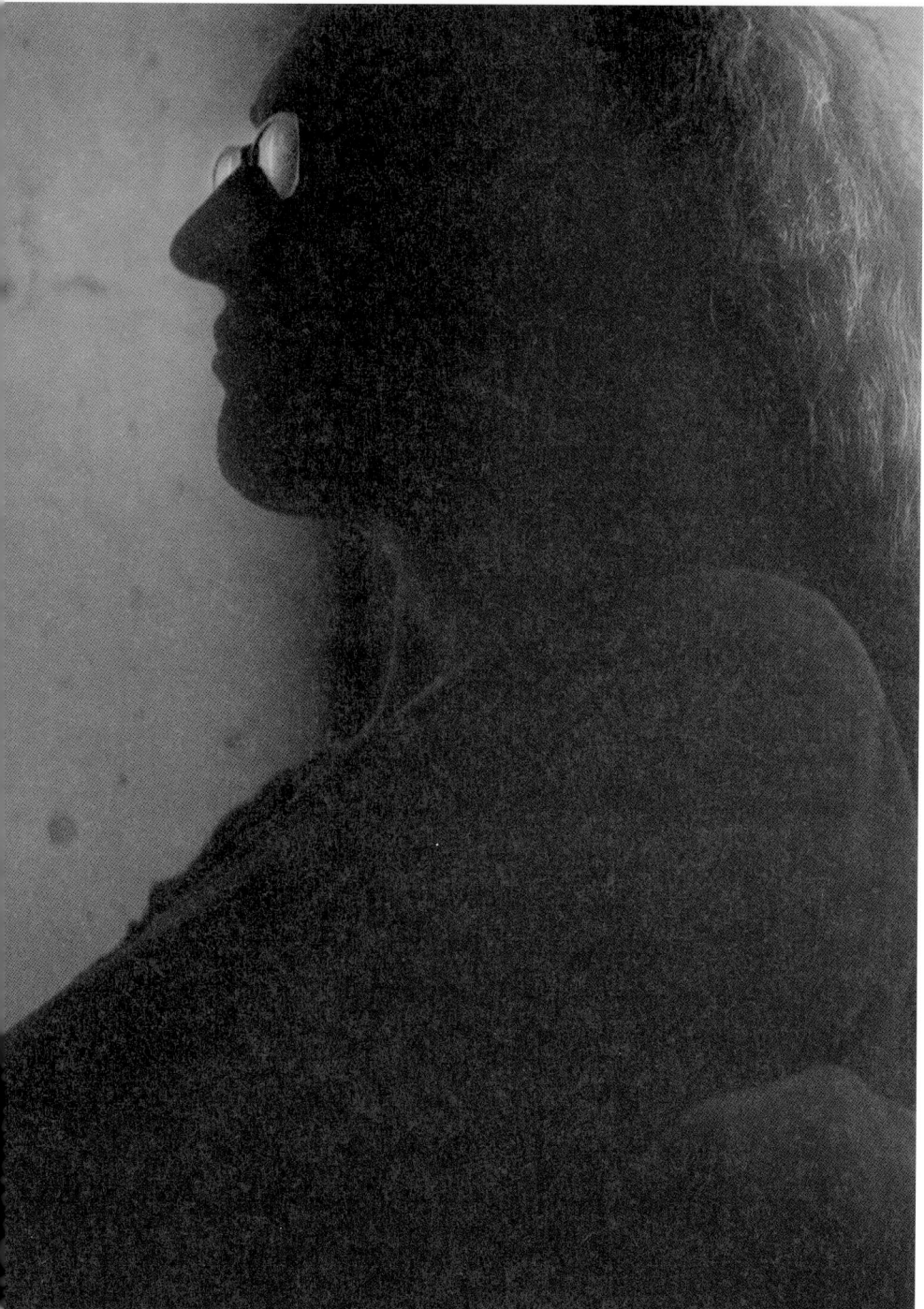

저
너
머

그
림
자
와

맞닥뜨리니

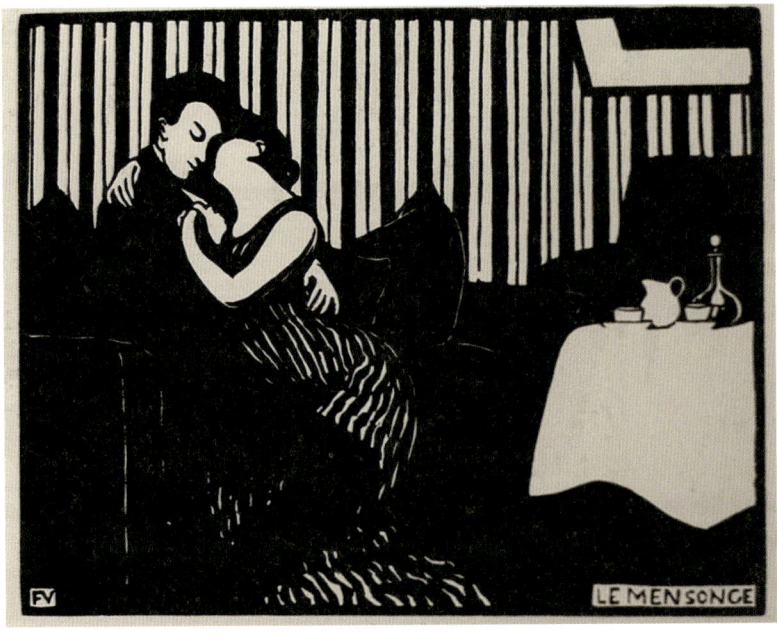

거짓말
또는
착각

펠릭스 발로통,
「거짓말」,
1897

인생 세 번째 연애에서 패퇴한—그렇다, 그것은 가히 전쟁이었다—친구 A
는 한동안 방 정리에 몰두했다. 끝도 없이 버릴 물건이 나온다고 앓는 소리를
했다. 이별 직전 받은 선물인 립스틱까지 악착같이 발라 없앴을 즈음에야 A의
불면증은 호전의 기미를 보였다.

"몇 달 동안 잠을 청하고 누우면 얼굴이 화끈거렸어. 그 많은 대사들이 거
짓말이었다는 게 민망해서. 상대방은 공연 끝났다고 분장까지 지웠는데 나 혼
자 막 내린 것도 모르고 남아서 열연한 꼴이 창피해서."

속으로 위로했다. 괜찮아. 관객도 너희 둘뿐인 극장이니까.

남자의 오른손과 여자의 왼손이 심장 근처에서 굳은 깍지를 끼고 있다. 나
머지 자유로운 팔은 서로의 어깨와 허리를 휘감아 두 몸 사이에 한 치 틈도 용

납하지 않는다. 여인은 남자의 귓불에 입술을 파묻고 남자는 눈을 감는다. 그
의 다리는 울타리를 두르듯 애인의 치맛자락을 감싼다. 이 로맨틱한 그림의
제목은, 어이없게도 「거짓말」이다.

「거짓말」은 펠릭스 발로통(1865~1925)*의 열 점짜리 판화 연작 '친밀한 관계
Intimetés'의 일부다. 이 연작의 공약수는 남자와 여자, 그리고 그들을 휩싼 팽
팽한 긴장감이다. 발로통은 나란히 앉은 중년 부부, 외출을 준비하는 남편과
아내, 밀회를 들킨 연인, 창밖을 내다보는 여자에게 소곤대는 남자의 모습 등
을 목판에 새겼다. 그러곤 백지 위에 검정 중의 검정, 우단처럼 깊은 검정으로
찍어냈다. 「거짓말」은 동명의 유화로도 제작됐다.

성급한 눈에는 사랑과 가정의 찬가로 보이는 작품들이지만 발로통은 그리
만만치 않다. 나란히 앉은 원숙한 부부의 모습에는 「돌이킬 수 없는」이라는
제목이 붙어 있고, 얼핏 은밀한 구애의 정경처럼 보이는 그림의 제목은 「돈」
이다. 이미지는 표제와 충돌해 뜻밖의 이야기를 토해낸다. 실제로 발로통은
희곡 8편과 소설 3편을 남긴 이야기꾼이기도 했다.

「거짓말」은 수수께끼로 우리 안의 탐정을 자극한다. 두 남녀 중 거짓말을
한 쪽은 누구일까? 남성 작가 줄리언 반즈는 미술관에서 「거짓말」의 유화판

• 펠릭스 발로통은 오랫동안 사진과 회화를 복제하는
도구로 간주된 목판화를 독자적 미술 장르로 입신시키
는 데 큰 역할을 했다. 또한, 쥘 르나르의 소설 『홍당무』
의 아름다운 오리지널 삽화를 작업하기도 했다. 허우 샤
오시엔 감독의 영화 『빨간 풍선』을 본 관객에게도 그는
구면이다. 영화 말미에 등장하는, 붉은 공(혹은 풍선)을
쫓는 밀짚모자 소년의 그림이 발로통의 1899년 작 「풍
선」이다. 이 그림의 화폭은 흑과 백 대신 눈부신 양지와
검푸른 숲 그늘로 대담하게 나뉘어 있다.

을 처음 봤을 때 무심코 여자가 거짓말쟁이라고 인식했다고 2007년 『가디언』 지 칼럼에 썼다. 여자가 속삭이는 모양새인데다가, 남자의 표정과 다리 포즈가 꾸밈없다는 것이 근거였다. 여인의 유난히 풍만한 실루엣을 보고 "배 속의 아기는 당신 아이에요"라는 대사까지 상상했다고 한다.

남녀의 차이일까? 여인의 자세에서 전폭적인 신뢰를, 남자의 얼굴에서 유혹자의 득의양양함을 읽고 반대 결론에 이르렀던 나는 깜짝 놀라고 말았다. 이거야 비트겐슈타인의 '오리-토끼' 그림이 따로 없지 않은가. 피해망상을 거두고 다시 그림을 본다. 마침 프랑스어 사전이 'mensonge', 즉 거짓말이란 이 단어는 '착각'도 의미한다고 가르쳐준다. 그러니 줄리언 반즈와 나는 다투지 않아도 된다. 우리는 사랑할 때 상대를 나로, 인간을 신으로, 기도를 율법으로 착각한다.

'친밀한 관계' 연작 가운데 「돈」 「기습」이 19세기 부르주아 계급의 결혼과 연애에 관한 날렵한 풍속화라면, 「거짓말」에서 발로통은 훨씬 유서 깊고 보편적인 문제를 다루고 있다. 동시에 더 비관적이다. 화가는 연애라는 이 오래된 '연극'을 이미 보았고, 결말을 알고 있는 것이다. 객석에서 안타까워해도 소용없다. 목판화의 가차 없는 흑과 백은 우리의 연민을 단호히 금지한다.

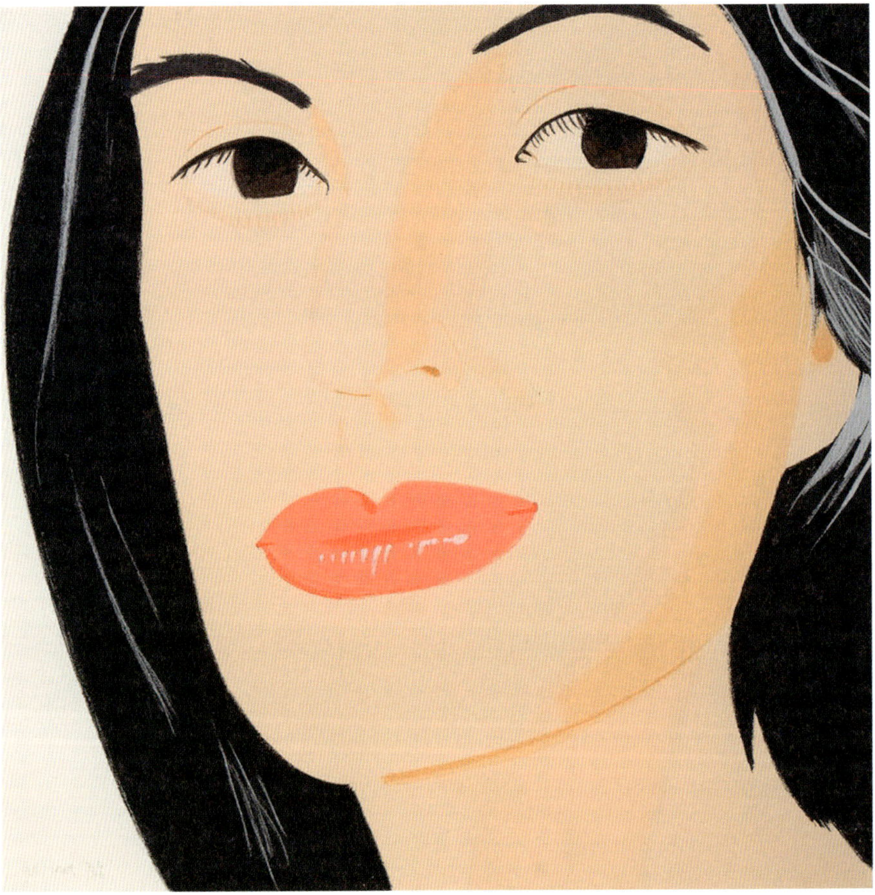

화면 밖의
미스터리

알렉스 카츠,
「에이다」,
1994

　"나는 프린터처럼 그린다."

　알렉스 카츠는 오늘이 지구 최후의 날인 양 엄청난 속도로 그려대는 화가
다. 매우 빨리 그리고, 하나를 그리면서도 어서 다음 그림에 손대고 싶어 안달
한다. 아무리 큰 작품도 하루 안에 완성하는 그의 작업에는 치밀한 예비가 앞
선다. 물감을 미리 섞어두고 붓도 차례로 늘어놓는다. 사람이든 풍경이든 대
상을 오랫동안 관찰한 끝에 휙 잡아챈 이미지를 재빠르게 그려간다. 카츠는
"빨리 그리는 것은 정신의 한쪽 면에서 출발해 그것을 버리고 그 반대편이 그
림을 그리게 하는 작업"이라고 설명한다. 패스트 페인팅의 결과물은 신속하
고 매끈하게 마무리되었으되, 붓 자국을 완전히 감추지는 않은 맑은 화면이
다. 1927년생인 알렉스 카츠는 구상화를 고집한 까닭에 1950년대 추상표현
주의의 대유행 속에서 주요한 작가로 거명되지 못했다. 첫 전시에서 누군가로

부터 "사람과 사물을 그리는 일은 무가치하다"라는 말을 들은 카츠는 이후 오기를 부리듯 더 큼직한 초상화를 양산했는데, 그 신념은 80년대 후반부터 다시 제대로 평가 받기 시작한다.

「에이다」의 모델은 50년 가까이 카츠의 이젤 앞에서 포즈를 취한 화가의 아내다. 어느덧 머리칼에는 회색이 섞였지만 표현력 짙은 눈동자와 이집트 여왕 네페르티티를 닮은 당당함은 젊은 날의 모습 그대로다. 평론가 어빙 샌들러는 카츠가 그린 에이다를 가리켜 "여인, 아내, 엄마, 뮤즈, 모델, 능란한 안주인"이라고 표현했다. 무심하고 간결한 표면 아래를 달리는 정열과 힘, 도회적인 멜랑콜리는 카츠 인물화의 미스터리다. 흔히 평자들은 카츠의 화풍이 시네마스코프 영화와 광고 간판에서 영향을 받았다고 말한다. 화가 역시 유년기에 본 영화를 통해 사람들이 말하고 옷 입는 법, 사랑과 행복, 범죄와 처벌의 개념을 배웠다고 회상한다.

무엇보다 카츠의 초상화는 움직임 도중에 멈춰선 듯 시야를 어슷하게 오려낸 프레이밍으로 모종의 드라마를 끌어들인다. 마치 그림을 다 그린 다음 테두리를 가위로 잘라낸 것 같다. 드가와 몇몇 인상주의 화가도 채택했던 이런 구도는 불가피하게 보는 이로 하여금 스냅사진, 나아가 영화의 숏을 연상하도록 부추긴다. 어디쯤에서 대상에 다가가는 것을 멈출지에 대한 '카메라의 고민'이 읽히기 때문이다.

영화 이론을 통틀어 클로즈업은 가장 많이 논의되는 사이즈의 숏이다. 쇄골께에서 잘려져 속눈썹과 입술 주름을 더듬을 수 있을 것 같은 「에이다」의 화폭은 클로즈업 숏에 내장된 자질을 고스란히 드러낸다. 그것은 계시처럼, 벽력처럼 대뜸 우리에게 다가선다. 그러나 화가의 시선은 모델의 주름살과 모공이 드러나기 직전에, 관능적인 유혹이 부담과 두려움으로 옮아가는 임계점에서 아슬아슬하게 멈춘다. 오늘날 관객이라면 화상 통화를 할 때 휴대폰의 액정에 떠오른 상대방의 이미지에 비유할지도 모르겠다.

탐정의 망원경에 잡힌 용의자의 그것처럼, 커다랗고 매혹적이지만 평면성을 끝끝내 강고하게 고집하는 얼굴. 영화의 클로즈업을 직면했을 때와 똑같이 우리는 거꾸로 반문하게 된다. 이 그림은 에이다에 관해 무엇을 감추고 있는가? 잘려나간 화면 바깥에는 무엇이 있는가?

회화도 사진도 영화도 프레임을 숙명으로 짊어지고 있는 한, 예술가의 작업은 무엇을 보여줄 것인가 이상으로 무엇을 보여주지 않을 것인가를 결단하는 과정임을, 카츠의 그림은 확인시킨다.

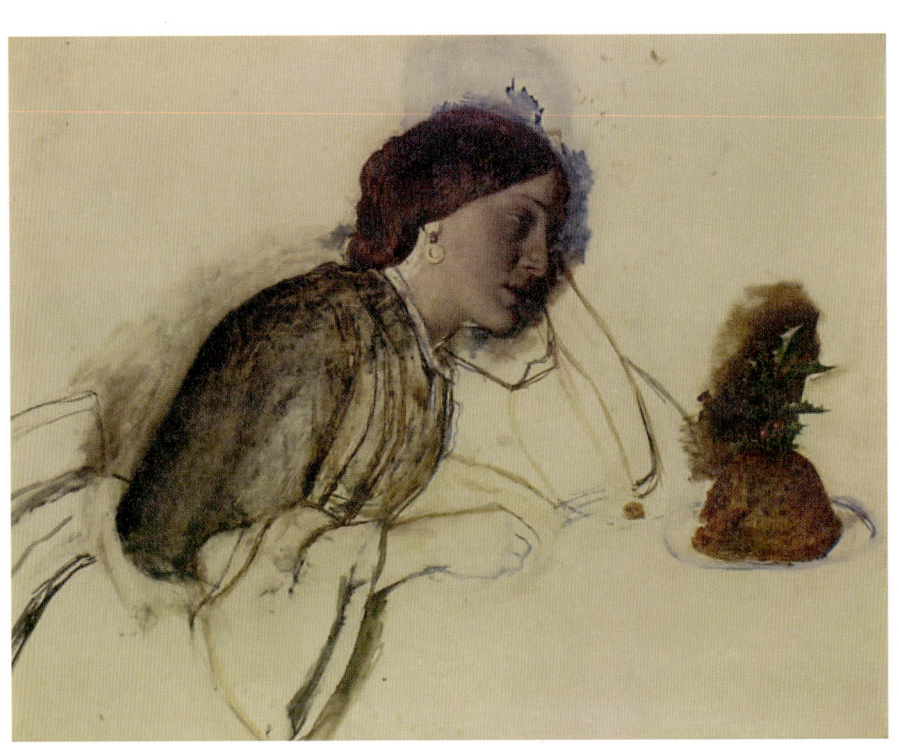

미완의
드라마

로버트 브레이스웨이트 마티노,
「가난한 여배우의 크리스마스 디너」,
연도 미상

　소녀는 예뻤다. 마을 남자아이들이 그렇게 속삭였고 거울도 확인시켜주었다. 자신이 철저히 낯선 사람 앞에서만 수줍음을 타지 않는다는 사실을 발견했을 때 그녀는 배우가 되기로 결심했다. 혈혈단신으로 런던행 열차 삼등칸에 오르던 날, 봄바람이 약속했다. 오늘이 너의 남은 생을 통틀어 가장 초라하고 추운 하루일 거야. 앞으로는 점점 더 양지바른 날이 찾아올 거야. 그러나 세상은 그녀의 열정을 내보일 틈을 좀처럼 주지 않았다. 극작가가 점심을 먹는 두 시간 동안 찌는 듯한 오디션 대기실에서 하염없이 기다리다 보면 화장은 녹아내리고 마음은 무너졌다. 한때 스캔들을 염려하는 배우로 살아갈 날을 상상했지만, 이제 그녀는 가끔 윤기 있는 한 끼 식사를 위해서라도 애인이 필요하다고 느꼈다. 영양과 희망의 결핍으로 거칠어진 머릿결과 말라붙은 표정을 쇼윈도에 비추어보며 여자는 읊조렸다.

"난 무인도에 가더라도 시선을 끌지 못할 거야."

최악의 고역은, 마음의 바닥을 아무리 긁어봐도 한 줌의 자긍심조차 그러모을 수 없는 순간에도 도도한 표정을 지켜야 한다는 점이었다. 스스로를 연민하는 순간 자기 안의 마지막 광채가 스러진다는 걸 알기에 여자는 필사적이었다.

며칠 전부터 여자는 크리스마스를 잊으려고 애썼다. 알록달록한 장식에 눈을 감고 캐롤송에 귀를 막았다. 마지막 순간, 뜻하지 않은 친절이 끼어들었다. 계단이 삐걱대길 기다렸다는 듯 문을 밀고 나온 주인집 여자가 크리스마스 푸딩을 건넨 것이다. 전채도 메인도 없이 후식뿐인 크리스마스 만찬. 여자는 지독하게 단 푸딩을 허겁지겁 한 조각 입에 넣었다가 멈칫했다. 아냐, 어차피 불을 붙일 브랜디도 없는 걸. 하지만 파란 불꽃이 일면, 골목을 배회하던 크리스마스 유령 하나쯤 식탁 건너편에 나타나 나의 눈동자에 건배해주지 않을까. 1년 중 가장 긴 밤, 여자는 턱을 괴고 브랜디를 사러 갈까 망설이기 시작한다.

「가난한 여배우의 크리스마스 디너」는 라파엘전파 화가 중 동료들보다 흐릿한 이름을 남기고 마흔셋의 젊은 나이에 세상을 떠난 로버트 브레이스웨이트 마티노의 미완성작이다. 제목의 서러운 단어 '가난'은 '여배우'라는 예민한 이름과 만나 곱절로 처연해지고, 여기에 '크리스마스'까지 보태지면서 참을 수 없는 한기를 불러온다. 비운에 신음하는 청순가련한 여인, 정념이 초래한 파국의 풍경, 간드러지는 장식성과 센티멘털하고 강박적인 세부 묘사. 라파엘 전파의 그림은 현대 TV 일일연속극의 시조라고 해도 과언이 아니다. 존 에버릿 밀레이, 포드 매덕스 브라운, 윌리엄 홀먼 헌트 등 라파엘전파의 작가들은 빈곤이나 타락으로 사회적 곤경에 처한 여성을 자주 그렸다. 하지만 「가난한 여배우의 크리스마스 디너」에 사회의 부조리를 개탄하는 시선은 없다. 마티노는 여배우의 파리한 얼굴과 푸딩을 장식한 호랑가시 나뭇가지를 공들 여 묘사한 다음 어떤 이유에선지 붓을 놓아버렸다. 아마 주제와 스토리가 너 무 빈약하다고 판단했는지도 모른다.

그렇게 방치된 캔버스의 창백한 공백은 도리어 생의 피로와 고립을 백골처 럼 드러낸다. 우리는 그녀에게 무슨 일이 일어났을까 상상하지 않을 수 없다. 이 글의 앞부분은 그런 상상에서 태어났다. 어떤 성스러운 도안의 크리스마스 카드도 이 미완의 그림만큼 나를 경건하게 만들지는 못했다.

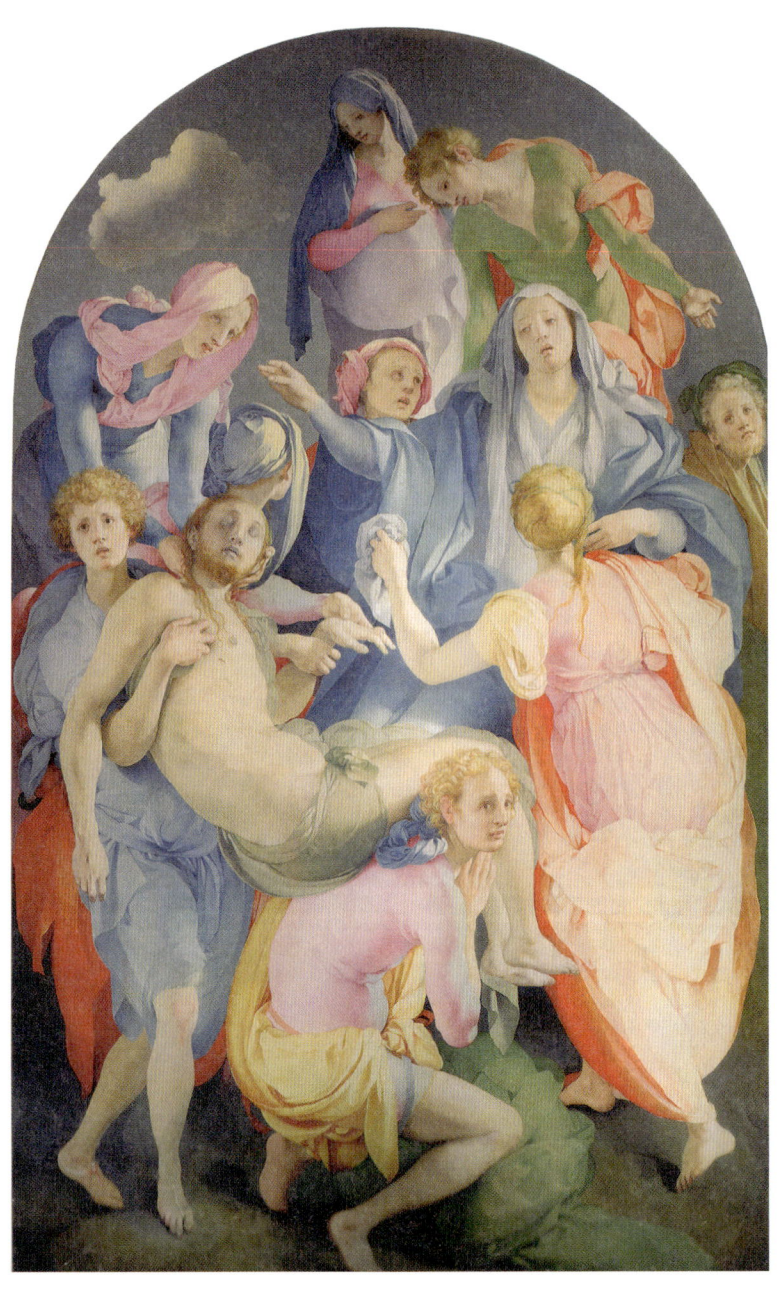

매너리즘의 간절한 매너

자코포 다 폰토르모,
「십자가에서 내려지는 예수」,
1525~28

'이럴 수가, 구름까지 연기를 하고 있어!'

폰토르모(1494~1557)의 「십자가에서 내려지는 예수」가 일으킨 최초의 감정은 당혹에 가까웠다. 죽은 예수를 제외한 열 명의 인물은 황홀경에 달한 슬픔을 노골적으로 호소하지만, 보는 사람은 슬프거나 아프지 않다. 피비린내도 나지 않는다. 고난의 원천인 십자가가 보이지 않기 때문에 우선 이 장면이 예수가 처형대에서 내려진 직후인지 마리아에게 안겼다가 무덤으로 운반되는 중인지 명확히 판단할 수 없다. 각각의 인물은 이상적인 형상으로 예리하게 그려졌지만, 정작 그들이 한데 어우러진 공간은 전경과 원경을 가늠하기 힘들어 혼란스럽다. 누가 땅에 발을 딛고 있는지 불분명한 무중력의 소용돌이. 따로 따서 붙인 것 같은 인물들을 하나로 휘감는 것은 색이다. 파랑과 초록, 노랑과 주홍의 천이 흡사 리본처럼 화면을 휘휘 둘러 묶고 있다. 천의 대부분은 인물들이 입은 옷자락이지만 일부는 오직 구도를 위해 보태진 여분의 장식임이 분명하다. 십자가 수난을 다룬 그림은 본성상 복잡한 구도의 경연장이다. 그러나 폰토르모의 그것에는 남다른 귀기가 있다. 말하자면 「십자가에서 내려지는 예수」는, '유치하게' 아름답다.

　이 그림이 현대의 관람자를 흔드는 요소는 화면 속 이야기가 전하는 비탄이 아니라, 비탄의 감정을 최상급의 아름다움으로 구현하고야 말겠다는 작가의 맹렬한 의지다. 폰토르모는 「목이 긴 성모」로 유명한 파르미자니노와 더불어 16세기 후반 매너리즘 회화^{Mannerism}를 대표하는 이름이다. 매너리스트들은 미켈란젤로, 티치아노, 라파엘로가 르네상스적 이상미를 구현한 이튿날 아침 "무엇을 더 할 수 있을 것인가?"를 심각하게 자문해야 했던 세대였다. 교묘정치한 조형적 하모니와 황금비율의 미가 휩쓸고 간 자리에서 매너리스트들이 택한 출구는 왜곡의 아름다움이었다. 그리하여, 흡사 볼록 거울을 내장한 것 같은 그림들이 탄생했다. 목과 팔다리는 늘어나고 콘트라포스토^{contraposto}(<u>서 있는 인체의 중앙선이 S자를 그리도록 무게중심을 배분한 자세</u>)도 아찔하게 밀어붙여졌다. 병적이고 드라마틱한 환상이 화폭에 스며들었고 지적인 수수께끼와 눈속임의 기교도 여기저기 설치됐다.

　요즘 어법으로 거칠게 뭉뚱그리자면 매너리즘은 '튀고 싶다'는 욕구가 추동한 스타일이라고 부를 수도 있다. 예술사가 아르놀트 하우저가 지적한 대로 매너리스트들은 고전주의가 이룩한 예술적 성과를 무조건 포기할 수도 없었으므로, 전성기 르네상스의 탁월한 사생^{寫生} 능력은 보전하면서 개개의 요소를 연결하는 논리를 바꾼 셈이다. 앞 세대의 성취에 대한 반작용을 통해 자기 미학을 형성하는 행태는 장르를 불문한 모든 예술 유파의 속성이다. 그러나 16세기 매너리즘 화가들은 자의식을 갖고 그 길을 간 최초의 사례이며, 작품 안에 그 의지를 직접적으로 노출한 정도가 이례적이라는 점에서 기념할 만하다.

　다시 「십자가에서 내려지는 예수」를 바라보자. 인물들 가운데 우리와 시선을 얽는 자는, 길게 휘어진 등으로 예수의 시신을 지탱하고 있는 화면 앞쪽의 청년이다. 얼핏 천사인가 싶지만, 그리 보기엔 찌푸린 미간에 서린 고뇌가 너무 생생하다. 예수의 무게를 힘겹게 버티는 와중에도 청년은 발목과 발가락을 세워 거의 불가능해 보이는 우아한 포즈를 고수한다. 그리고 목을 어렵게 꺾어, 마치 카메라를 향해, 관객을 향해, 방백을 하는 현대의 영화배우처럼 화면 밖의 관람자에게 간청하는 눈빛을 고정하고 있다. "이 그림을 똑똑히 봐주시길!" 내성적이고 긍지 높은 예술가였던 젊은 폰토르모의 탄원이 들려온다.

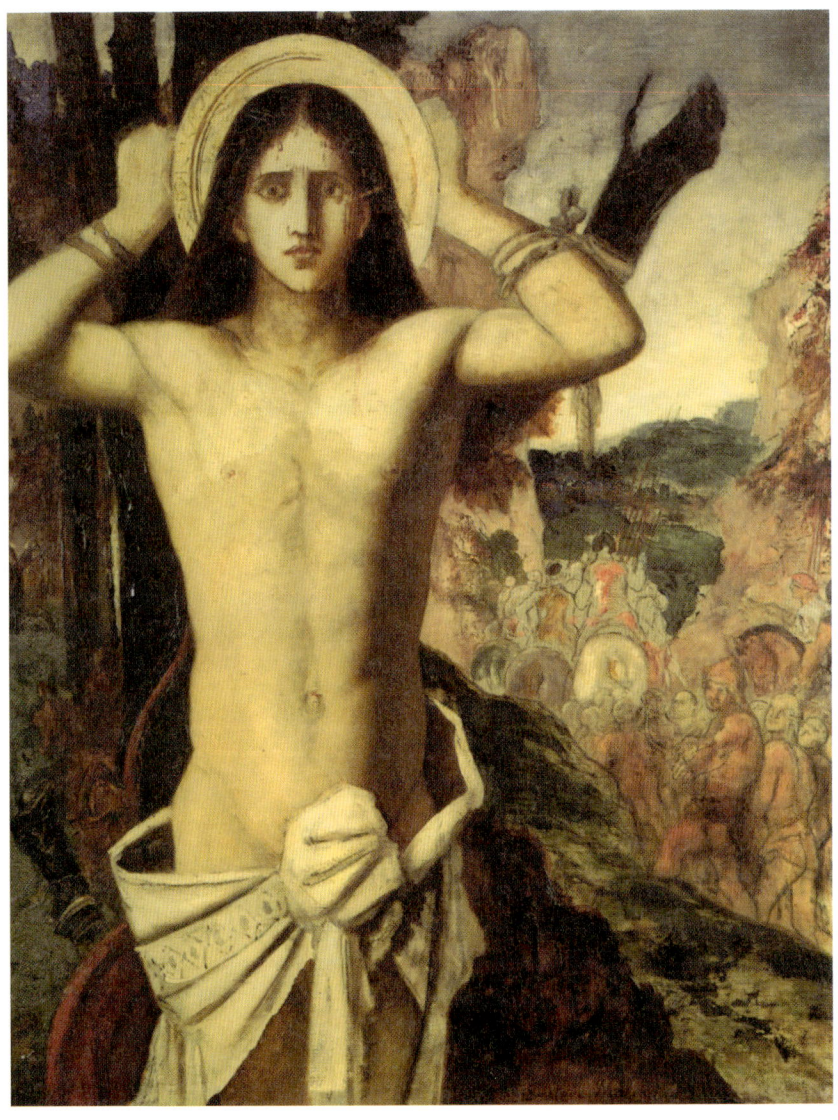

죽음과
단둘이

귀스타브 모로,
「성 세바스티안」,
1870~75

파리 라로슈푸코 가 14번지에 있는 귀스타브 모로 뮤지엄은 관람한다기보다 방문한다고 말하는 편이 적절한 공간이다. 귀스타브 모로(1826~98)는 양친에게 물려받아 살면서 그림을 그렸던 거대한 집을 세상을 떠나기 2년 전 손수 미술관으로 개조했다. 아파트와 아틀리에, 전시실로 구성된 미술관 방문자들은 모로의 그림뿐 아니라, 화가가 어떤 방식으로 우리가 작품을 감상하길 원했는지도 이해하게 된다. 마치 영화 「존 말코비치 되기」처럼, 예술가의 대뇌 안쪽으로 들어가는 기분이다. 횡으로 넓게 배열된 여러 개의 방을 큰 원을 그리며 돌아다니는 보통 갤러리의 동선과 달리, 이 집을 찾은 손님들의 움직임은 종적이고 속도가 불규칙하다. 전시실 중간에 있는 나선형의 좁은 층계를 오르며 다른 눈높이로 그림을 보기도 하고 모로가 고안한 세로 서랍식 드로잉 캐비닛 앞에 의자를 놓고 앉아 몇 시간이고 몰두하기도 한다. 간간이 지치면 화가가 매일 내다보았던 정원을 내다보고, 19세기 식으로 꾸며진 화장실에서 손도 씻는다.

「성 세바스티안」은 전시가 시작되는 2층 오른쪽 방에서 제일 눈에 띄는 그림이다. 크기도 하지만 못 박는 듯한 인물의 응시가 발길을 잡는다. 4세기 초 로마제국의 군인이었던 성 세바스티안은 기독교 신앙이 드러나 화살형을 받고 방치됐다. 화살이 생명유지 기관은 피해갔는지 목숨을 부지한 세바스티안은 도망은커녕 한층 강고해진 믿음으로 황제에게 대적했다가 곤봉에 맞아 죽었고, 시신은 하수구에 버려졌다고 한다. 성인 이야기치곤 기적의 요소가 별로 없어 오히려 실화 같다. 미술사가들은 화살을 맞은 세바스티안이 서 있는 남성의 이상적 누드를 그릴 수 있는 '핑계'로 적당해 르네상스 화가들이 택한 대표적 주제였다고 합의한다. 꿰뚫는 힘으로 남성 원리를 상징하는 화살에 관통당해 고개가 꺾인 미청년의 피 흘리는 누드는, 오르가즘을 '작은 죽음la petite mort'이라 부르는 프랑스식 은유를 굳이 거론하지 않아도, 첫눈에 에로틱하다.* 나아가, 성 세바스티안의 수난 받는 미소년 이미지는 신도들의 의식 속에서 예수에게 덧씌워졌으리라 짐작할 수 있다. 기독교 성인들은 모두 어느 정도는 대중이 인간적 차원에서 그리스도에게 애착하고 숭배할 수 있도록 돕

* 화살은 집행관들이 세바스티안에게 가한 성폭행의 은유라는 일설도 있다. 저메인 그리어가 『보이: 아름다운 소년』에서 지적했듯이 고대 신화와 기독교 설화 속 젊은이들은 아름다울수록 참혹하게 죽어간다. 히폴리토스는 말에게 먹혔고 히아킨토스는 원반에 맞아죽었으며, 오르페우스는 님프들의 손에 찢겼다.

는 예수의 상상적 분신이다. 지금도 많은 사람들이 선하고 무구한 성 프란체스코나 미청년 성 세바스티안의 자태를 마음에 그리며 예수의 이름을 일컫고 그를 향한 사랑을 다진다.

귀스타브 모로의 「성 세바스티안」은 동일한 장면을 다룬 만테냐, 귀도 레니, 페루지노 등의 르네상스 시대 작품은 물론, 디오니소스적인 번제燔祭의 황홀한 분위기가 감도는 본인의 1876년 작 「성 세바스티안과 천사」와도 전혀 다른 해석을 보여준다. 여기서 세바스티안은, 관능미를 은밀히 과시하는 누드도 아니고 위대한 신앙의 증거도 아니다. 대신 우리는 이 순간 그가 무엇을 생각하고 느끼고 있는지 관심을 갖게 된다. 검은 동굴처럼 홉뜬 눈으로 자신이 택한 죽음을 쳐다보고 있는 청년은 거의 마비된 것처럼 보인다.

그는 알베르 카뮈가 "인간은 그가 굳게 믿는 것이 무엇이든 간에 불가피한 죽음에 직면하면 머리끝에서 발끝까지 황무지가 되고 만다"고 썼던 상태에 봉착해 있다. 공포를 완강히 방어해온 신앙의 갑옷이 마지막 순간 벗겨져 '어쩌다 내가 여기에 와 있을까?' 퍼뜩 자문하고 있는 표정으로 보이기도 한다. 이미 머리에 내려앉은 성스러운 후광이 부당해 보일 지경이다. 세바스티안이 워낙 주변 인물 없이 묘사되는 성인이긴 하지만 모로의 젊은 순교자는 유난히 고독해 보인다. 조화로운 대칭구도로 에워싸이지도, 전신이 온전히 화면 안에 담기지도 않았기 때문이다. 유일하게 벗은 몸을 감싸는 허리의 천은 일체의 온기나 부드러움을 결여하고 있으며, 오른쪽 원경에는 세바스티안을 방치한 채 힐끔거리며 물러가는 군사들의 행렬이 보인다. 우리가 보는 건, 죽음과 단둘이 남겨진 청년이다.

　상징주의자 귀스타브 모로는 「살로메」 「오이디푸스와 스핑크스」 같은 대표작이 보여주듯, 화폭에 함축된 풍부한 서사와 환상성 때문에 '영화적'이라는 평을 얻기도 했다. 클로즈 숏의 정신성과 화면 안팎을 연결하는 시선의 권능, 프레임 안에 무엇을 넣고 배제할 것인가의 선택이 초래하는 결과를 보여주는 「성 세바스티안」은 다른 의미에서 영화적이다.

그림과
나 사이,

적당한 거리를
찾아서

빌헬름 사스날,
「무제」,
2009

　'휩쓸린다'는 감각은 현대인에게 친숙하다. 정보와 노동의 속도는 생체 리
듬을 추월하고, 자극성 강한 감상주의적 문화는 우리 마음을 급작스레 들었다
놓기를 거듭한다. 해일처럼 덮쳐오는 일상의 사태와 감정 속에서 우리는, 있
는 힘껏 헤엄쳐야만 간신히 제자리와 제정신을 유지할 수 있다. 하물며 세상
의 흐름을 역류해 원하는 방향으로 전진하고자 한다면 거의 영웅적인 노력이
필요한 지경이다. 생체 시계를 압도하는 세상의 어지러운 속도에 대응하는 방
법 가운데 하나는 '묘사'를 하는 것이다. 묘사하는 행위는 텔레비전의 '느리
게 다시 보기 화면'과 비슷한 효과를 낸다. 당면한 사태로부터 안전거리를 확
보해주고, 그 가장자리에 처한 나의 상태까지 파악할 여유를 준다. 주관적 시
점으로 조율된 리얼리티는, 간혹 상상하지 못한 의미나 아름다움을 발생시키
기도 한다. '보기'와 '쳐다보기' 사이의 계곡에서 피어나는 꽃이다.

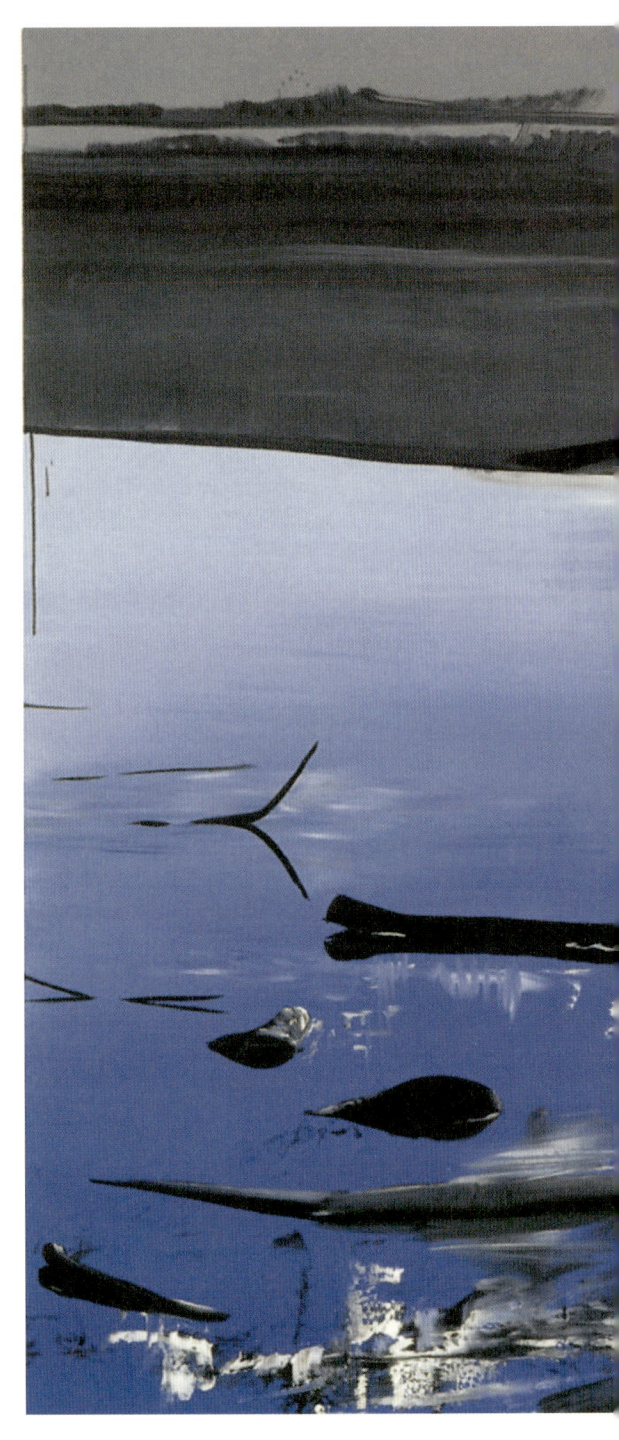

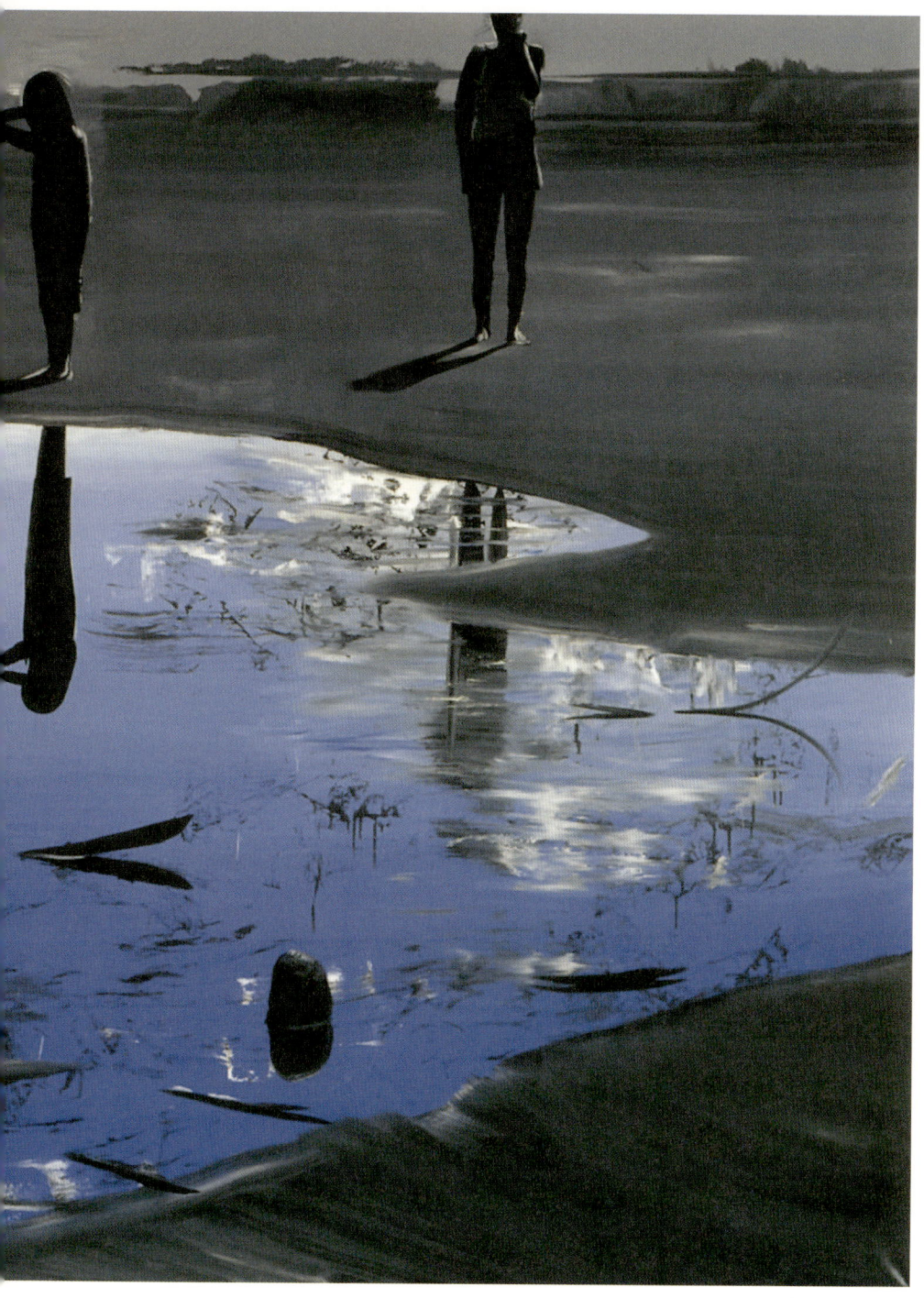

　보통 사람에게 '묘사'의 도구는 말과 글이겠지만, 예술가에겐 각자의 도구
가 있다. '팝 바날리즘pop banalism' (사소하고 진부한 것을 그린다는 뜻) 작가로 불리
는 폴란드 화가 빌헬름 사스날(1972~)은 생활의 표면을 구성하는 온갖 이미지
에서 소재를 취한다. 일례로 2001년 작 「폴란드의 일상생활」은 만화 형식으
로 아내의 입원, 아들의 탄생, 아파트 내부 공사 등을 기록해 '최초로 1970년
대 생의 사실적 일상사를 쓴 연대기 작가'라는 평을 얻었다. 정보화 세대 화가
에게 당연한 일이겠지만 그의 현실은 매개된 현실, 즉 잡지 · 광고 · 신문 사
진 · 만화 · TV · 인터넷 이미지 등까지 포함한다. 사스날은 언론에 공개된 자
살 폭탄 테러리스트의 장비를 무심한 정물화처럼 그리는가 하면, 구소련의 선
전선동용 이미지를 순전한 장식미술로 재현한다. 역사를 전유해 주관적 비전
안으로 끌어당겨놓고 시치미를 떼는 식이다.

　대상의 이미지를 본래 맥락에서 비스듬히 이탈시키는 사스날의 경향은, 사
생활의 풍경을 묘사하는 경우에도 발견된다. 2009년작 「무제」는 웅덩이 가장
자리에 서서 물끄러미 반영을 들여다보는 화가의 어린 아들과 그를 지켜보는
아내의 모습을 담았다. 단란한 가족의 한때를 담은 스냅사진처럼 보이지만 이
그림에는 감정의 직접적 전이를 꺼리는 베일이 덮여 있다. 붓자국을 노출하면
서도 선과 색면을 단순화하는 붓질, 색채를 자제한 팔레트가, 복제된 이미지
의 구체성을 지우고 그 흔적과 그림자만 남겨두고 있기 때문이다. 다시 말해
캔버스에 칠해진 물감은 어떤 부분에서는 사진의 리얼리티를 은근히 뭉개버
리고 또다른 부분에서는 더 극명하게 표현함으로써, 단순한 지각과 작가의 주
관 중간에 주체적으로 화가의 자리를 정하고 있다. 그리하여 「무제」는 포토그
래피 이미지를 전제로 삼지만 사진의 우연성을 극복한다.

구상회화의 범주를 벗어나지 않는 「무제」는 우리로 하여금 흔히 우아한 디자인에서나 발견되는 매력을 느끼게 만든다. 결국 빌헬름 사스날의 회화는 동시대적이고 내밀한 스토리에서 출발해 대단히 사실적인 묘사로 완성되면서도 관객의 반응을 지정하기 직전에 멈추고 있다. 이 화가에게 페인팅은 덜어내고, 환원하고, 거리를 확보하는 작업이다. 영화 이미지가 포토리얼리즘을 넘어 촉각까지 파고드는 요즘, 우리가 장차 시각예술에서 그리워할 미덕은 적당한 거리에 대한 사려가 아닐까 하는 상념이 인다.

순진한
열망의
정원

앙리 루소,
「꿈」,
1910

"정말 못 그렸다."

앙리 루소(1844~1910)의 그림 앞에서 이런 감상이 든다고 해도 잘못은 아니다. 마흔까지 말단 세관원으로 살다가 독학으로 붓을 잡은 루소는 '서툰' 그림을 그렸다. 해부학과 투시법은 엉망이고, 오직 눈에 보이는 풍경과 모델, 자료 사진을 그대로 캔버스에 옮겨놓겠다는 열의만 두드러졌다. 머리부터 그린 다음 몸을 이어붙이는 방식으로 완성했던 인물 초상화가 특히 어색했는데, 분개한 모델 겸 의뢰인이 그의 그림을 사격 연습용 과녁으로 쓰다 버린 일마저 있었다.

본인에게 인상적인 부분을 집요하게 묘사하고 적당한 생략을 모르는 습성, 인물부터 나무 이파리까지 순진하게 똑바로 화가를 응시하는 고지식한 포즈 등 루소 그림의 몇몇 속성은 어린이들의 그림에서 발견되는 것이다. 교육을 통해 만들어지지 않은 '보는 법'은 그의 그림에 의도했건 하지 않았건 원시적 힘과 광채를 부여했다. 공교롭게도 그것은 당대 모더니스트 화가들이 구하던 바였다. 짐작건대 동세대 아티스트들은 악보를 읽지 못해도 노래하는 새를 보는 심정으로 루소를 바라보았으리라.* 전통을 부러 파괴했다기보다, 전통을 아예 인식하지 않은 경우에 해당하는 이 이상한 화가는 결과적으로 야수파, 입체파, 초현실주의에 영감을 선사하게 된다.

궁핍한 가정환경 탓에 일찍이 재능을 꽃피우지 못했다는 억울함을 품고 살았던 루소는 아카데미 화가들의 사실적인 묘사력을 몹시 동경했다(줄자로 모델을 재서 비율을 계산하고 물감을 피부에 대보고 색을 정했다는 일화도 전해진다). 그러나 세상이 '소박파'라는 브랜드를 붙여주고 명망 있는 화가들이 "당신의 투박함을 소중히 간직하라"고 조언하자, 루소는 자신의 천진하고 순박한 페르소나를 예술적 인정을 위해 순순히 받아들이고 이용했다. 뭐니 뭐니 해도 그는 손아귀에 들어온 모든 것을 이용해 남은 시간이 다하기 전에 자신의 예술과 삶의 의미를 증명해야 했던 가난하고 나이 든 화가였던 것이다.

우리는 한 인간의 장점이 그를 망치고 결핍이 그를 구원하는 예를 많이 알고 있다. 만년의 정글 연작은 루소에게 마침내, 고대했던 명성을 안겨주었다. 평생 프랑스를 떠날 기회도, 금전적 여유도 없었던 루소는 파리 식물원과 박

* 피카소가 반농담조로 그를 위해 열어준 파티에서 흥겨워진 루소가 "우리는 이 시대의 가장 중요한 두 화가요. 당신은 이집트 스타일에서, 나는 모던한 스타일에서"라고 피카소에게 속삭였다는 일화는 두고두고 우스갯소리로 회자됐다.

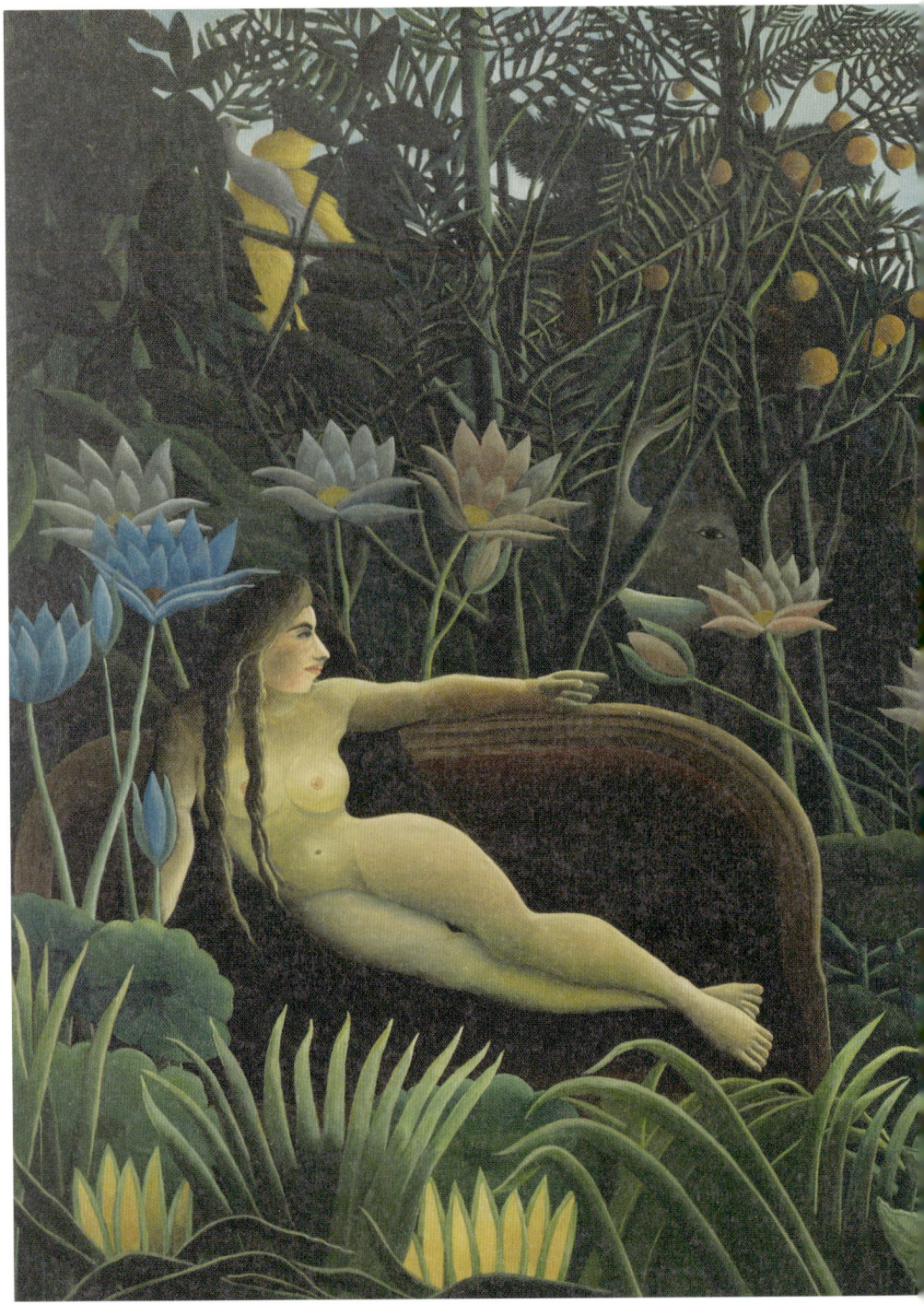

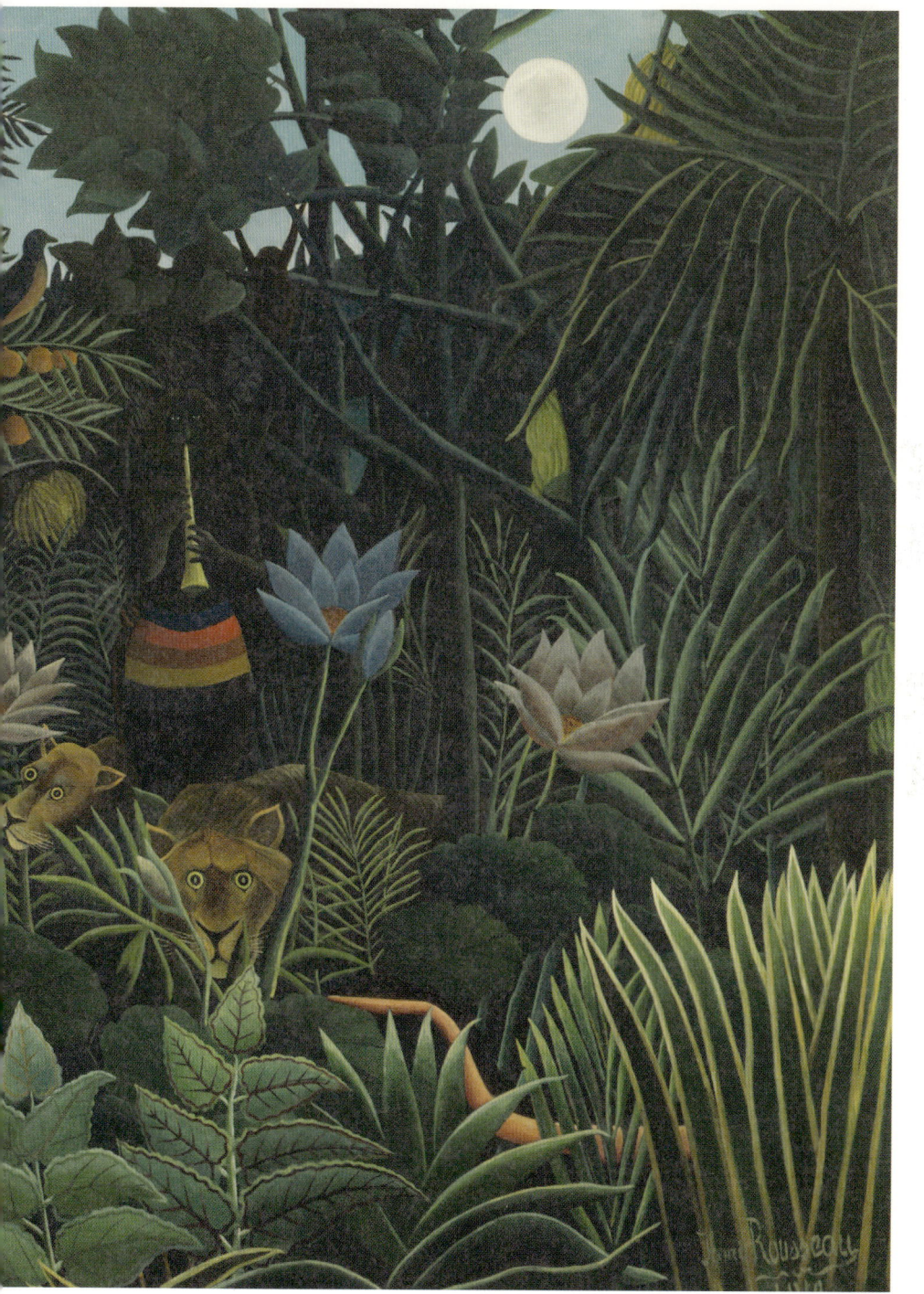

물관, 박람회에서 스케치한 동식물과 책과 잡지의 삽화에 기대 정글 풍경을
그려나갔다. 세련된 원근 투시법 대신 수십 가지 명도와 채도의 녹색을 쌓아
올려 마치 부조浮彫와 같은 공간감을 자아냈다.

　실제 열대 식생과 어긋나는 루소의 밀림 풍경화는 화가가 꿈꾸는 동물과 식
물을 하나씩 집어넣고 심어서 가꾼, 환상의 정원이다. 기술적 역량의 한계를
일축하고 가진 모든 파편을 그러모아 무엇인가 표현하려는 자의 긴급함, 아는
것들을 조합해 미지의 세계를 구축하려는 자의 순진한 열망이 그 정원을 교교
히 밝힌다. 루소의 마지막 작품 「꿈」에는 '그림에도 불구하고' 열망을 이룬
자의 포만감이 서려 있다.

People are
strange,
when   you're   a   stranger

제임스 엔소르,
「이상한 가면들」,
1892

　에드거 앨런 포의 소설 『붉은 죽음의 가면』은 백성들이 역병으로 죽어가는 나라의 왕이 개최한 호화로운 가장무도회에, 적사병(赤死病) 환자로 분장한 인물이 등장하는 이야기다. 무언의 도발에 분노했던 왕은 돌아선 그의 얼굴을 직면하는 순간 즉사해버린다. 역병으로 죽은 시체를 모방한 줄 알았던 가면은 가면이 아니었다. 불청객은 다름 아닌 적사병 그 자체였던 것이다. 벨기에 화가 제임스 엔소르(1860~1949)가 즐겨 그린 가면 쓴 인물들의 초상화가 오싹한 까닭도 그들이 가면을 쓴 인간인지, 가면처럼 변해버린 얼굴을 가진 인간인지 불분명하기 때문이다. 엔소르의 그림 속에서는 가면과 얼굴의 구분도, 현실과 환영의 경계도 희부연 산란광과 취기 속에 온통 희미하다.

　「이상한 가면들」에 도열한 마스크들도 가면이라기보다 축제의 열기에 휩싸여 우연히 노출된 사람들의 진짜 표정처럼 보인다. 안면 근육과 주름살, 뺨에

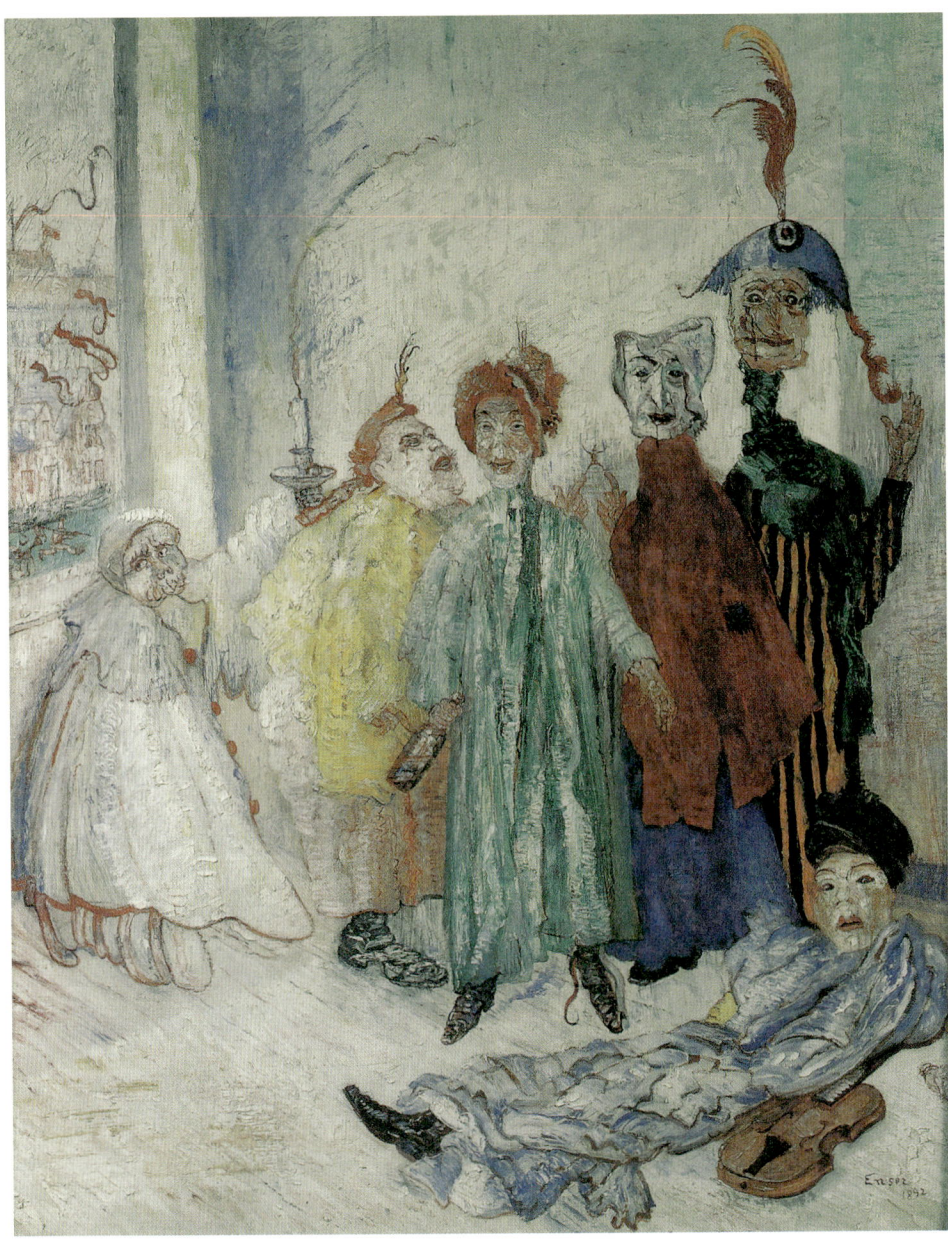

떠오른 홍조는 가면이라기엔 지나치게 복잡미묘한 표정을 짓고 있다. 화면 왼쪽 창밖으로는 엔소르의 고향 해안 마을 오스탕드의 사실적 풍경이 보이는데, 회동의 마지막 기념사진이라도 찍듯 부자연스럽게 정면을 향한 가면들의 포즈는 초현실적이다. 진주 빛 태양광이 방 안을 가득 채운 대낮인데도 촛불을 들고 있는 왼쪽 인물의 행동이나, 바닥에 널브러진 가면과 의상인지 사람인지 분별할 수 없는 맨 오른쪽 인물의 모습은 화면에 환영의 기운을 불어넣는다.

오스탕드는 연례 가면 축제가 열리는 휴가철에만 사람이 몰리는 휴양지였다. 그러니까 적막은 더욱 적막하게 느껴지고 소란은 더욱 소란스럽게 느껴지는 고장. 마을 자체가 사회의 방외에 존재하는 듯한 공간. 이곳의 다락방을 평생 작업실로 삼았던 화가에게 한철 몰려드는 군중의 존재는 보통보다 훨씬 위협적으로 느껴졌을 것이다. 게다가 엔소르의 어머니 쪽 집안은 해골과 꼭두각시 인형, 카니발 가면 등속을 파는 기념품 가게를 운영했다. 엔소르에게, 유희의 광기에 달뜬 이방인들의 군상을 표현하는 데에 가면보다 자연스런 오브제는 없었을 것이다.

집에서 입는 옷과 거리로 나설 때 입는 옷이 다르듯 우리는 군중의 일원이 될 때 '가면'을 쓴다. 그러나 가면을 쓴 개인은 자기 모습을 보지 못하고 타인들의 가면만 본다. 도어스는 노래했다.

"당신이 이방인일 때 사람들은 이상하게 굴고, 당신이 외로울 때 타인의 얼굴은 추해 보인다."

안민수 교수가 쓴 『배우수련』에 의하면, 배우수업에서 '가면을 이용한 인물 체험'의 마지막 단계는 가면을 머리 위로 젖히고 제 얼굴로 가면의 표정을 연기하는 것이다.

나이를 먹는다는 것은, 어느 날 거울에 비친 자신의 얼굴이 가면처럼 매끄럽고 딱딱하게 경직돼 있음을 발견하는 일이고 그리하여 자신도 그렇게나 혐오했던 군중의 일부임을 깨닫는 일이기도 하다. 젊은 시절 자신의 예술을 인정하지 않는 평단과 사람들을 가면을 쓴 우중愚衆으로 묘사했던 엔소르는 역설적이게도 중년 이후 세속적 성공이 찾아와 세상이 그를 끌어안자 급속히 창작 에너지를 상실했다. 세상의 얼굴에서 가면을 볼 줄 아는 눈이야말로 예술가의 마지막 보루라는 교훈일까?

으스스한 틈새

최윤정,
「노스탤지어 11」,
2008

최윤정,
「노스탤지어 12」,
2008

비행기 여행을 상상할 때 우리 머릿속에서 즉시 불려나오는 그림은 무엇일까. 눈앞의 좌석 등받이와 안전벨트 램프 그리고 승무원이 기내식 수레를 밀며 다가오는 긴 복도다. 그러나 스튜어디스가 지닌 비행의 이미지는 판이할 것이다. 한 공간을 체험한다고 그 공간의 모든 '면面'을 알 수는 없다. 아침부터 저녁까지 우리의 시야를 차지하는 '프레임'들을 더듬어보자. 눈을 떠서 마주보는 벽지와 화장실 세면대 거울, 사무실 책상 앞에 세워진 파티션이 차례로 시야를 점유할 것이다. 매일 똑같은 그림책을 순서대로 넘겨보는 형국이다. 더구나 대동소이한 설계로 지어진 한국의 아파트 생활자라면 말할 것도 없다. 여행이 선사하는 해방감의 큰 부분은, 여행지에서 눈을 떴을 때 창밖에 다가서는 새로운 구도, 일상적으로 우리를 가뒀던 고정된 평면이 일시적이나마 걷힌다는 사실에서 비롯한다.

최윤정,
「노스탤지어 11」,
2008

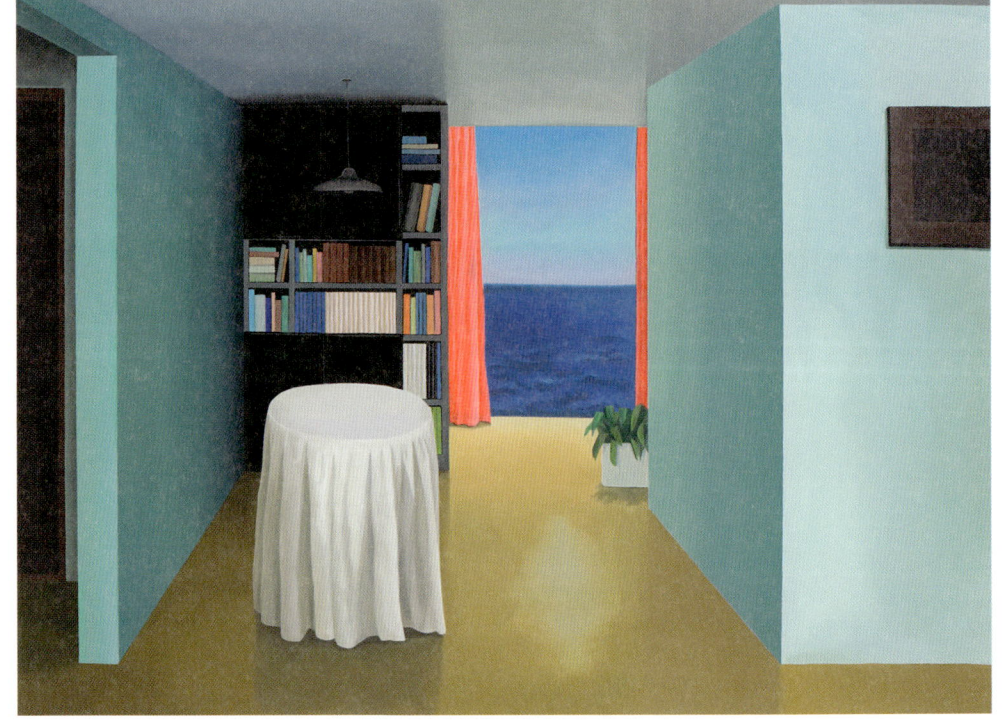

최윤정,
「노스탤지어 12」,
2008

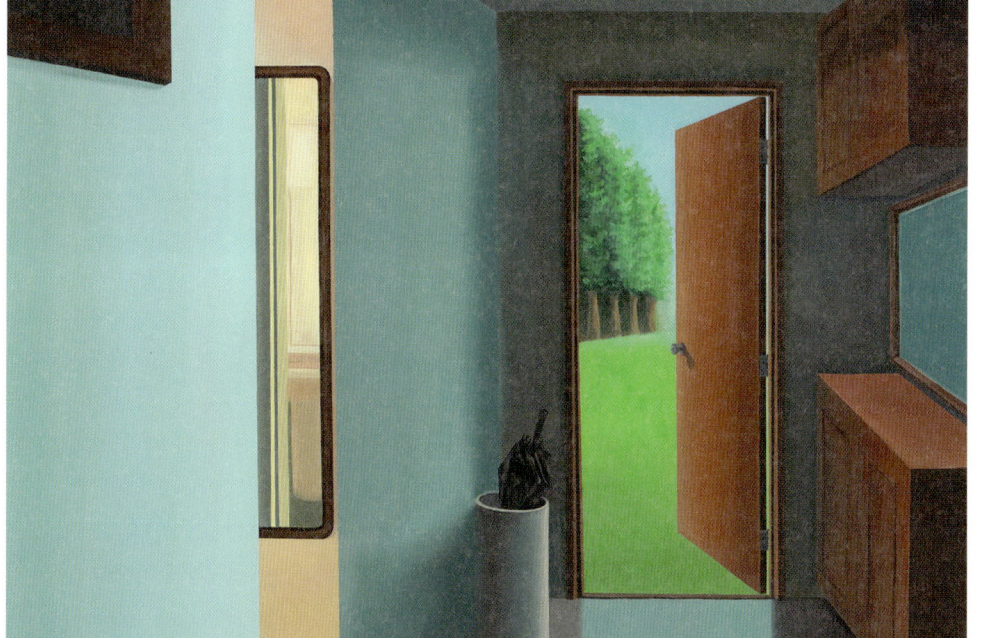

최윤정의 '노스탤지어' 연작은 너무 익숙한 나머지 우리를 소스라치게 만
드는 그림이다. 작가는 실내 풍경이나 정물이 아니라 시야 자체를 그리고 있
다. 구도의 중심은 없고 무엇부터 봐야 하는지도 지시하지 않는다. 그리하여
특정한 무엇을 포획할 의지 없이 아파트 실내에서 미끄러지는 우리의 시선을
재현한다. 주택의 친숙한 내부 구조와 가구를 뜯어 보지만 오늘날 대부분 가
정에서 공간과 시간의 흐름을 주도하는 TV는 생략했다는 점도 특기할 만하
다. TV 대신 외부 세계 풍경을 끌어들이고 있는 요소는 창문과 문이다.

비평가 김현은 『우리 시대의 문학/두꺼운 삶과 얇은 삶』에서 이렇게 썼다.

"사물은 아파트에서 그 부피를 잃고 평면 위에서 선으로 존재하는 그림과
같이 되어버린다. 모든 것은 한 평면 위에 나열돼 있다. 그래서 한눈에 들어오
게 돼 있다. (중략) 그러나 그 열림은 깊이 있는 열림이 아니라 표피적인 열림
이다."

최윤정의 「노스탤지어」는 '집'이라는 관념의 투시도처럼 보이기도 한다.
동명의 연작 중에는 아파트의 골조를 흰색 구조물로 환원해 벌판에 세워놓은
작품도 있다. 죽은 코끼리의 뼈로 지은 스톤헨지 유적처럼 보이는 그 그림은,
집이 삶을 분할하고 수납하는 무기질의 견고한 틀이라는 점을 웅변한다. '노
스탤지어' 연작의 투시법은 또한, 18세기 후반 선비들의 방을 장식한 책가도
그림(책 더미와 서재의 소품을 그린 정물화)을 연상시킨다. 화가의 시점이 일정하지 않
아 입체를 그렸는데도 평면적이라는 점, 데이비드 호크니풍의 파랑과 산호 색
을 위시해 곱고 화사한 색채를 구사하면서도 화려하지 않다는 점에서 그렇다.
실존하는 물체를 비현실적 구도로 배치한 책가도처럼 「노스탤지어」는 현실의
사물을 그린 구상화이면서도 초현실적이다. 그래서 으스스^{uncanny}하다.

책에 소개한 그림에 등장하는 흰 천으로 덮인 용도가 애매한 테이블, 오른쪽 끝만 드러난 거울은 비밀을 암시한다. 「노스탤지어 11」의 거실 창과 「노스탤지어 12」의 현관문은 외부를 향해 열려 있으나 그 너머 풍경에는 소실점이 없어 거꾸로 실내 전체에 평면성을 불어넣는다. 아니, 산호색 커튼 너머 푸른 바다와 현관 밖의 흰칠한 숲은 실제 풍경이 아니다. 차라리 이 세계가 이따금 균열을 일으킬 때 그 틈새로 드러나는 진실이다. '노스탤지어' 연작을 바라보고 있으면, 내 집에 손님으로 초대 받은 기분이다. 이 집에 사는 사람은 어디로 갔을까 하염없이 기다리다 문득 아무도 오지 않는다는 것을 깨닫는 것이다.

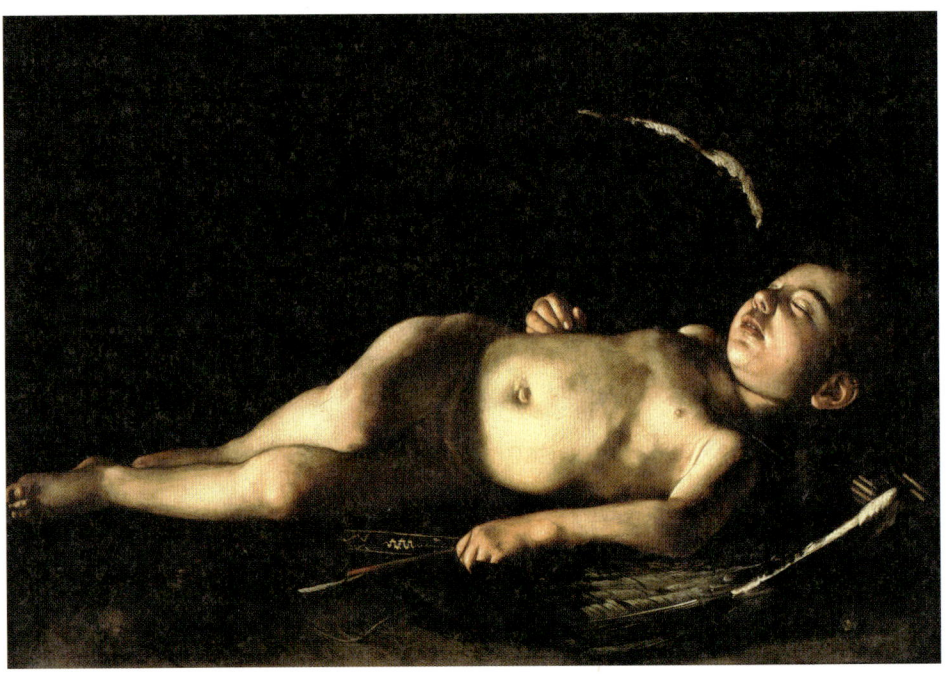

죽음을
내려놓다

카라바조,
「잠자는 큐피드」,
1608

깔고 누운 한 쌍의 날개가 없었더라면 온종일 골목에서 뛰어놀다 벌거숭이로 곤히 잠든 시골 소년이거니 여길 뻔했다. 카라바조(1571~1610)가 「잠자는 큐피드」에서 묘사한 어린 신은 이상적 미소년과는 거리가 있다. 그리고 무방비하다. 황금 전동을 베고 곯아떨어진 큐피드의 손은 화살을 놓았다. 활시위는 느슨히 풀려 있다. 구경꾼들 쪽으로 부끄러움도 없이 내민 볼록한 배는 뭔가를 무절제하게 탐식한 직후임이 틀림없다. 살짝 튀어나온 앞니를 드러내며 가볍게 벌어져 있는 입술에 귀를 기울이면 쌕쌕 코 고는 소리가 들려올 태세다. 아무데나 열정의 화살을 쏘아대 각종 분란을 일으키는 장난꾸러기 신이 잠들어 있으니 안심해야 마땅할 텐데 안쓰러움이 앞선다.

「잠자는 큐피드」의 소재는 신성하고 구도는 고전적이나, 그 안을 채운 살과 피는 17세기 이탈리아에 살았던 아무개의 것으로 느껴진다. 그림 속 큐피드는 저잣거리의 평범한 사내아이인 동시에 신이다. 관념과 실물의 이토록 과격한 융합은 어떤 불꽃을 지핀다. 유서 깊은 알레고리를 그리되 현실 속 개성적 육체로 충만한 세부로 구현하는 이 화가의 붓질에는 혁명가의 기상이 있다. 이데아와 감각적 미의 영역을 분리하는 강고한 울타리를 단숨에 무너뜨려버리는 무심한 저돌성이 감탄스럽다.

「잠자는 큐피드」의 묘사력과 조각이 부럽지 않은 입체감을 감상하고 나면, 슬며시 걱정이 밀려온다. 어린 신은 과연 잠든 것일까? 혹시 죽어버린 것은 아닐까? 할 수만 있다면 귀를 바짝 대고 숨결을 확인하고 싶다. 불안감의 근원은 의도적으로 제한된 색조로 표현된 큐피드의 창백한 피부 그리고 그의 파리함을 강조하는 배경의 물컹한 어둠이다. 극단적 빛과 어둠의 콘트라스트를 드라마적 장치로 능숙히 구사한 미술사 최고의 조명감독답다. 잠자는 신의 모습에서 불길한 상상을 끌어내는 건, 카라바조가 죽음의 냄새와 질감을 손에 잡힐 듯 묘사한 화가였다는 사실과도 관련된다. 성경 속 사도와 성인 들의 희생을 그린 카라바조의 종교화는 피를 뿜는 동맥과 사후강직에 접어든 살빛을 묘사하는 것을 망설이지 않는다. 심지어는 다윗이 베어낸 골리앗의 머리에 화가 자신의 얼굴을 그려 넣기도 했다.

실상 죽음은 언제나 카라바조의 근방을 맴돌았다. 여섯 살에 역병으로 아버지와 조부모를 한꺼번에 잃은 카라바조는 성품이 불같았고, 평생 걸핏하면 폭행 사태에 휘말렸다. 세상 물정에 어두웠고 조금만 비판을 들으면 그림을 찢어버리기도 했다. 불법무기 소지 혐의와 명예훼손으로 여러 번 체포되기도 했다. 급기야 1606년에는 공놀이 경기 끝에 우발적인 살인을 저질러 생애 마지막 4년을 나폴리, 몰타, 시라쿠사 등지를 떠돌며 도망자로 살았다. 법 집행자뿐 아니라 사적인 원한을 품은 정체 모를 자객도 그를 추적했다. 동시대 화가인 프란체스코 수지노에 의하면 이즈음 카라바조는 누군가 자기를 죽이러 올 거라는 두려움으로 점점 기괴한 행동을 일삼고, 옷을 입은 채 칼을 지척에 두고 잠자리에 들곤 했다고 한다.

「잠자는 큐피드」는 화가가 죽기 2년 전에 그린 작품이다. 잔뜩 핏발이 선 눈을 한 카라바조도 소년처럼 활을 놓고 스르르 잠들고 싶었으리라. 아니, 더 잔인한 상상도 해본다. 큐피드라는 열정의 알레고리를 은밀히 살해함으로써 격앙과 탕진으로 점철된 자신의 고된 여정에 상징적 종지부를 찍는 화가의 처절한 시도를.

이것은
　　당신

그리고

나의

그
림
자

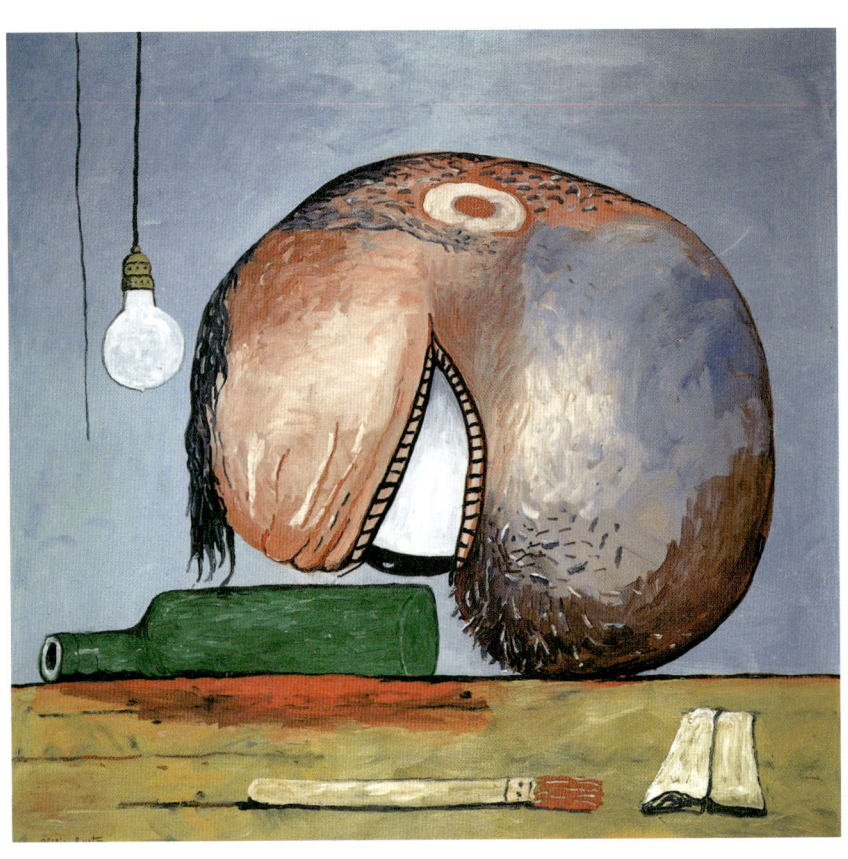

외설적인
고독

필립 거스턴,
「머리와 술병」,
1975

잊기 위해 마시고, 기념하기 위해 마신다. 스스로를 치하하려 마시고, 벌하려고 마신다. 타인과 어울리기 위해 마시고, 철저히 혼자가 되고 싶어서 마신다. 우리는 수천의 핑계를 싸들고 술에 투항한다. 술은 행복과 불행, 섹시함과 분노를 모두 부풀리기에, 아주 잠시나마 삶이 꽉 차 있는 듯한 감각을 준다.

그림 속 남자는 혼자다. 어쩌면 친구들과 어울린 술자리를 파한 후 거나하게 취해 집으로 돌아와 마지막 한 병의 마개를 땄는지도 모른다. 그러나 지금은 독대했던 술병마저 붉은 피를 흘리며 쓰러져, 남자는 마침내 완벽히 혼자가 되었다. 알코올은 육신을 마비시키고 의식을 펌프질한다는 속설을 확인하듯, 사내는 몸뚱이가 없고 머리만 있다. 주름이 고랑을 판 이마, 수염 그루터기가 까칠한 턱. 그의 얼굴에는 코도, 입도 없다. 커다랗게 열린 외눈만이 징그럽도록 부릅뜬 의식을 증명한다. 남자는, 화가다. 갓도 없이 늘어진 백열전

구가 초라한 붓 한 자루와 그보다 더 미력해 보이는 책에 빛을 떨어뜨리고 있다. 필립 거스턴의 「머리와 술병」은, 그가 사랑했다는 화가 조르조 데 키리코의 작품과 더불어 내가 아는 고독에 관한 가장 외설적인 그림이다.

필립 거스턴(1913~80)은 전후를 풍미한 뉴욕 추상표현주의 화가군의 일원이었다. 회색과 분홍으로 대표되는 두터운 색면으로 점철된 초기작은 그에게 빛나는 성공을 가져다주었다. 1960년대 말, 몇 년 동안 침묵을 지킨 거스턴은 1970년 표변한 작품들로 개인전을 열었다. 추상주의의 기수가 구상具象으로 돌아간 것이다. 그것도 만화적 형태와 의도된 조야함이 출렁거리는 구상으로! 결과는 스캔들이었다. 『뉴욕타임스』를 비롯한 평론가들의 반응은 자칫 경찰이라도 부를 기세였다. 지금 보기엔 호들갑스럽지만, 당시 추상과 구상은 화해 불가한 종파와 같았다. 추상주의는 독일 나치와 사회주의 리얼리즘이 박해한, 자유의 깃발 비슷한 무엇이었다. 화가가 남긴 말들로 미뤄보건대 거스턴을 '변절'시킨 동력은, 추상주의에 씌워진 '순수 회화'라는 왕관에 대한 자책이었다. 그가 보기에 예술은 불순한 것, 불순의 끝까지 무릎이 까지도록 기어가는 것이었다.

"60년대에 들어서자 나는 분열증에 걸린 기분이었다. 전쟁, 미국의 현실, 세계의 잔혹함. 집에 앉아 잡지를 읽고 좌절과 분노에 빠져 있다가, 빨강을 파랑으로 바꿔 칠하러 화실로 가는 나는 대체 어떤 인간일까. (중략) 나는 어린 시절처럼 다시 완전해지고 싶었다. 나의 사고와 감정 사이에서 온전히 존재하고 싶었다."

추상과 구상 사이에서 거스턴이 겪은 방황은 바꿔 말하면, '세계를 바라보면 자신이 작아지고 자아가 커지면 사물이 흐릿하게 보인다'는 딜레마였을 것이다.

「머리와 술병」을 포함한 거스턴의 많은 후기작은 사이클롭스^{Cyclops*}의 형상으로 그려진 자화상과 사적인 아이콘으로 메워져 있다. 시계, 전구, 물감통과 붓, 밑창을 기운 구두, 거의 타들어간 담배, 끈질긴 모티프였던 KKK 단원의 형상 등이 그것이다. 그의 작품 「침대에 누운 화가」에서 화가는, 물감통으로 뒤덮인 이불 아래에서 공중을 말똥말똥 응시하고 있다. 연인과 동침하는 모습을 그린 「침대의 커플」에서조차 화가는 신발을 신은 채 누워 이불 밖으로 내민 한 손으로 붓을 움켜쥐고 있다.

"보는 것밖에 할 수 없다. 그리고 그린다."

화가의 무력감은 자화상에서 몸을 없애고 할 말을 잃은 입술도 지웠다. 남은 건 오직 아비지옥 앞에서도 영원히 감지 못하는 저주를 받은, 예술가의 눈꺼풀뿐이다.

* 그리스 신화에 등장하는 외눈 거인. 신의 세계를 평정한 제우스에게 천둥을 선물했다고 한다. 「오디세이아」에는 사람을 잡아먹는 괴물로 등장해 귀향길의 오디세우스에게 모진 꼴을 당한다. 영화 「엑스맨」 시리즈에서, 눈에서 레이저가 나오는 돌연변이(제임스 마스든 분)의 닉네임도 사이클롭스다.

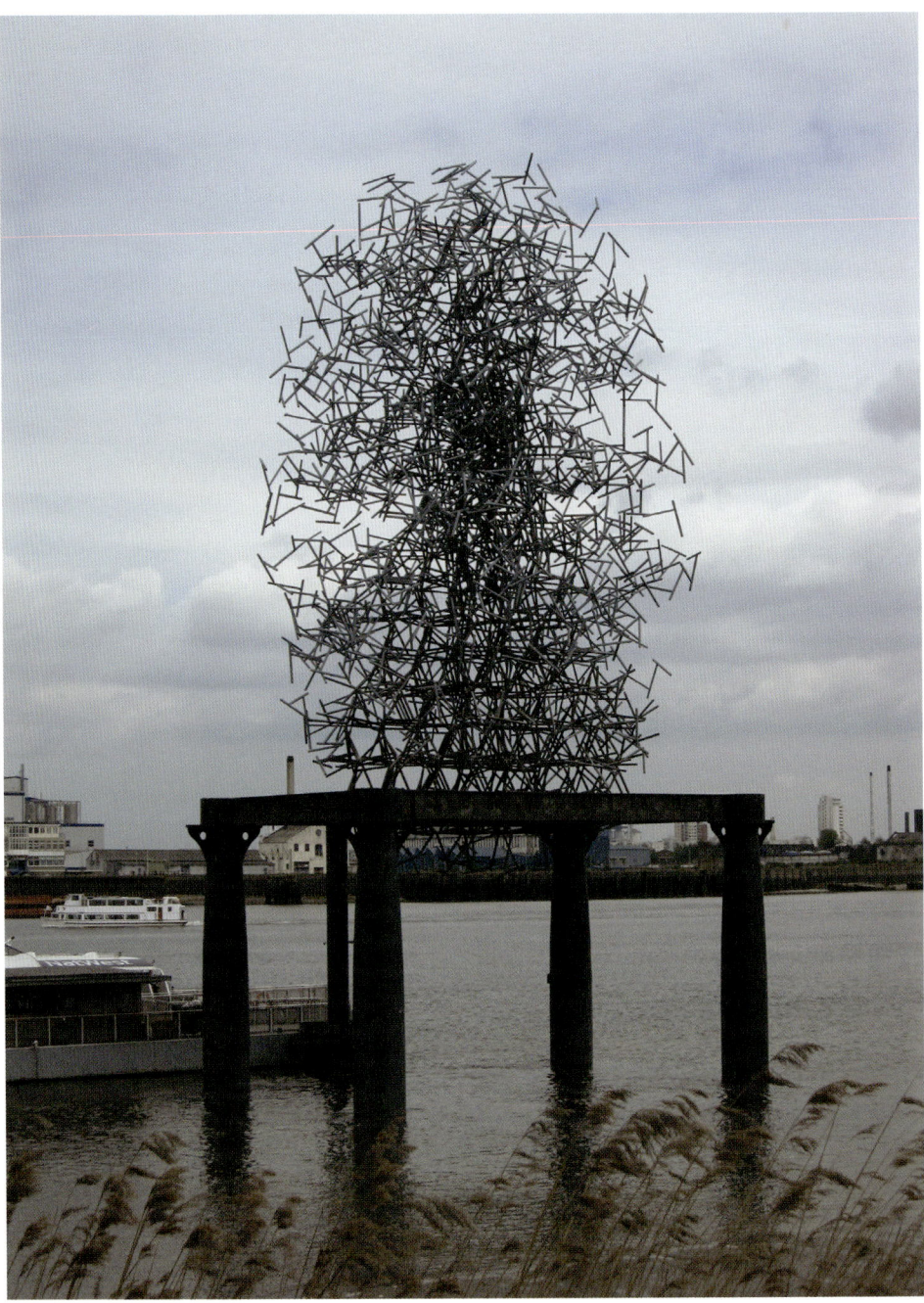

몸이라는 우주

앤터니 곰리,
「양자구름」,
2000

　타인의 몸이 아주 가까워져 마침내 나와 그의 거리가 제로, 나아가 마이너스가 될 때 인간의 육체는 홀연 하나의 장소로 변모한다. 자전거 뒷자리에 앉은 아이가 코를 묻은 아빠의 등은 너른 평원이고, 최적의 자세로 포옹한 연인에게 서로의 품은 경건한 성당이다. 앤서니 밍겔라 감독의 「잉글리시 페이션트」는 도입부에서 거대한 사막의 능선을 보여주는데, 잠시 후 변화한 카메라 앵글은 그 풍경이 여인의 벗은 몸이었음을 드러낸다. 사랑하는 상대의 몸을 극접사로 더듬는 이의 시각과 촉각에 감각된 연인의 겨드랑이는 그 어떤 바다보다 완벽한 곡선을 지닌 만灣이며, 쇄골에 패인 웅덩이는 애틋한 해협이다. 타인의 육체만이 아니다. 심한 통증이 엄습하면 우리는 갑자기 몸을 하나의 공간으로 느끼기 시작한다. 자궁은 동굴이 되고 내장은 협곡이 된다. 격심한 감정은 혈관을 달리며 전신에 메아리친다. 영혼과 의식이 거주하는 우리 안의 차원 없는 공간이 불현듯 실루엣을 드러내는 순간이다.

앤터니 곰리(1950~)는 인체의 형상을 띤 작품을 꾸준히 제작해온 조각가다. 인류학을 공부한 후 청년 시절 인도와 스리랑카에서 불교를 사숙했고 한때 승려의 길도 고려했다고 전한다. 신장이 190센티미터에 달하는 곰리는 본인의 몸을 거푸집의 모델로 사용한다. 근본적으로 인간이 자신의 신체 스케일로 사물의 크기와 길이를 계량하고 방위를 판단하는 존재라는 점을 고려하면 설득력 있는 방법론이다. 주야장천 인체를 형상화하는 데 몰두해온 아티스트 곰리는 뜻밖에도 "조상彫像을 만드는 일에는 관심을 가진 적이 없다"고 단언한다. 곰리가 흥미를 갖는 테마는 인간 육체 자체의 재현이 아니라 그것이 점유한 공간의 성격이기 때문이다. 요컨대 오브제가 아닌 장소로서의 신체, 몸이 머금고 있는 장場을 조형하는 작업을 하고 있는 것이다.

런던 밀레니엄 돔 옆에 세워진 「양자구름」은 16×10×30미터 크기의 대형 조각이다. 1.5미터 길이로 절단된 철제 사면체들이 덩굴손처럼 얽혀 중심부에 이르면 20미터 높이의 인간 형상으로 수렴되고, 가장자리는 대기 중으로 흩어져 사라진다.* 작가는 이 작품의 영감을 "대수학은 관계들 사이의 관계"라고 정의한 양자물리학자 바질 힐리에게서 얻었다고 밝힌다. 조각의 실제 제작에도 카오스 이론과 프랙털 구조가 이용됐다고 한다. 가까이 보면 건축자재 더미로 오해하기 십상인 「양자구름」을 제대로 음미하려면 적당한 거리와 시

---

* 곰리는 조각 재료로 철을 애용하는데, 그 까닭을 철은 지구 핵심부에서 비롯된 물질이기 때문이라고 밝힌 바 있다. 「양자구름」은 각 유닛을 철핀으로 잇고 용접한 후 핀을 제거하는 방식으로 제작됐다.

간이 필요하다. 복잡하고 무궁한 갈등의 연쇄 속에 가까스로 정체를 드러내는
「양자구름」의 인간 형상은 자못 영웅적인 데가 있다. 가시덩굴에 갇힌 듯 고
투하면서도 그는 한사코 자기를 둘러싼 환경과 에너지를 주고받고 있다. 앞이
보이지 않아 밀도와 자극만 감각하는 사람이 있다면 그가 느끼는 자아와 세계
의 이미지가 흡사 이렇지 않을까.

　인체의 외양이 아니라 몸이 점유하는 공간을 표현하는 곰리의 작업은, 예술
이 역사와 세계 속에 인간의 위치를 적시하는 '압핀' 같은 것이라는 견해에
더할 나위 없이 들어맞는 사례다. 다만 그의 계시에 따라 육체를 하나의 장소
로 인식하고 나면 불가피하게 서늘한 각성이 엄습한다. 이 세계 어느 곳으로
도망치든, 얼마나 다른 장소를 꿈꾸든, 우리는 결국 갈데없이 한곳에 머무르
는 것이다.

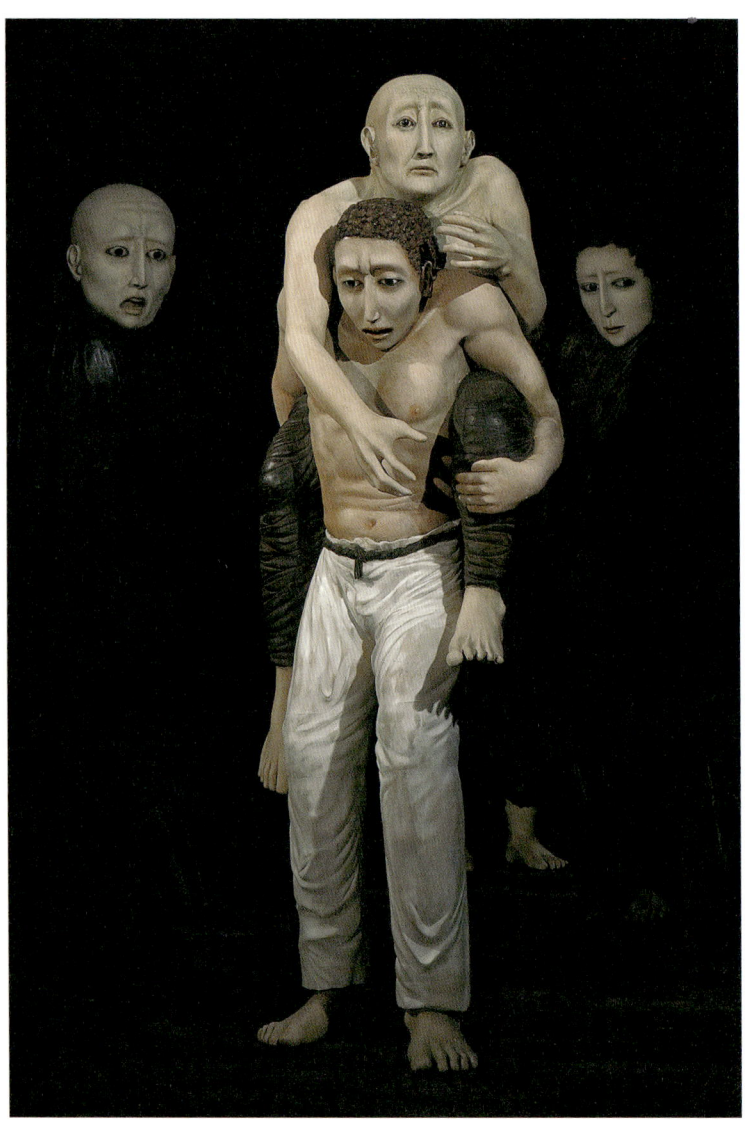

심장으로
직진하는
조각

아나 마리아 파체코,
「방랑자의 그림자」,
2008

조각 작품을 보면, 불현듯 만지고 싶어진다. 금기가 부르는 얄궂은 유혹만은 아니다. 그 표면에 손을 갖다 대고 감촉하는 일이 본래 조각을 감상하는 행위의 온당한 일환처럼 느껴지는 것이다. 조각의 소재를 정하는 변수로는 묘사 대상, 조각의 용도, 의도하는 미적 효과를 꼽을 수 있겠다. 예컨대 질감과 경도가 골라 기후 변화에 강한 석재는 건축 조각이나 기념비 조각에 많이 쓰인다. 여성 나체상에는 희고 매끄러운 대리석이 선호되고 기마상은 청동이 흔하다. 나무는 그중 연하고 약한 재료다. 한때 살아 숨 쉬는 유기체였던 목재는 열기와 습기에 민감해 실내에 놓는 조각에 주로 쓰인다. 나무 조각은 겸허하고 소박한 기운을 풍기며, 타고난 결이 있어 세월이 흐르면 쪼개지기도 한다.

미술사에서 대표적인 목조상은 수난 받는 예수상일 것이다. 브라질에서 나고 자라, 영국에서 활동 중인 아나 마리아 파체코(1943~)의 인물 조각은 예수수

난상의 세속적 변주라 할 만하다. 파체코의 조각 대다수는, 독재자 혹은 고문하는 자의 변덕 앞에 무력하게 노출된 억압 아래의 인간상이다. 그들의 머리와 사지는 대개 압력을 버티느라 수축되어 있으며, 상체와 머리 사이의 긴장을 누그러뜨리는 부분인 목도 잔뜩 움츠러들어 제 기능을 하지 못한다. 본디 군상으로 기획된 「방랑자의 그림자」 중심에는 아버지를 등에 업은 아들이 있다. 평론가들은 이 작품에서 트로이의 불타는 폐허로부터 아버지 안키세스를 구출해 나오는 장군 아이네이아스의 이미지를 본다.

　베르길리우스의 서사시 『아이네이스』에 의하면, 패장 아이네이아스는 군대를 이끌고 탈출해 지금의 이탈리아 땅으로 건너가 로마를 세우지만 도중에 시칠리아 섬에서 아버지를 여의고 만다(후일 그는 아버지의 영혼과 상봉한다). 자신의 기원인 아버지를 업고 고향을 등지는 아이네이아스의 이미지는 방랑하는 난민의 원형이다. 작가가 의도적으로 조율한 조명에 의해 아버지가 아들의 몸에 드리우는 그림자는 이 조각을 완성하는 중요한 부분이다. 「방랑자의 그림자」는, 부모 세대의 과거와 정체성에 어쩔 수 없이 집착하지만 그것을 떠메는 순간 무릎이 꺾여 힘겨워하는 우리의 초상으로 보인다. 또한 업혀 있는 아버지는, 과거보다 훨씬 긴 노년의 시간을 보내야 하는 현대인에게 애틋한 동일시를 부른다.

　옹이와 균열이 드러난 인물의 몸통은 나무 등걸의 모습을 간직하고 있는데, 젯소를 뿌린 얼굴은 가면처럼 보이고 그 중심을 차지하는 눈동자는 오닉스를 상감해 두려우리만큼 또렷하다. 파체코의 조각이 미술 교과서를 통해 우리에게 친숙한 인물 조각들과 현저히 달라 보이는 까닭은, 색을 넣어 목판화처럼 진하게 표현한 눈, 입술과 머리칼에 있다. 원래 조각이란 골격의 흐름이 주가 되는 예술이라, 상세한 표정을 드러내는 눈과 입매는 대범히 다뤄지는 것이 일반적이다. 고대 조각의 고졸한 미소나 현대 조각의 냉담한 표정에 비하면 파체코의 조각은 미학적인 '퇴행'이라고 부를 법도 하다. 더욱이 채색은 교회 스테인드글라스나 모자이크와 조화를 이룰 필요가 있었던 중세 조각에서나 흥했던 기법이다. 제례 의식에서 쓰이는 원시적 조각상彫像을 닮은 파체코의 작품은 그녀의 남미 전통과 가톨릭 환경에서 비롯됐다. 각각 가톨릭과 신교 교육을 받았으나 교회에 다니지 않았던 부모와 달리 소녀 시절 파체코는 자발적으로 제의의 아름다움에 끌려 성당에 다녔다. 특히 성 목요일, 즐비한 촛불 가운데 관 속에 누운 예수의 상과 그 앞을 지나며 감정이 북받쳐 흐느끼던 사람들의 모습은 그녀의 의식에 깊은 흔적을 남겼다.

하나의 사물이 군중의 심장을 동시에 휘어잡는 광경을 보며 조각의 에너지를 체득한 작가답게, 파체코의 조각은 '쿨'이고 뭐고 됐다는 투로 관람객의 감정을 직접적으로 건드린다. 마담 투소의 왁스 인형이나 종교제단 위의 우상들이 그러하듯. 실제로 갤러리 관계자들은 파체코의 작품 앞에 선 관람객들이 유난히 적극적으로 반응하고 서로의 감상을 동행에게 속삭인다는 관찰을 들려준다. 주술 기능을 멀찌감치 버리고 세계를 해석하는 작업에 치중하는 오늘날의 조각들 틈에서, 직설을 서슴지 않고 조형에 색칠까지 더해 확실한 소통을 꾀하는 파체코의 나무 인간들은 야하게 꿈틀거린다.

같으면서
다른

작자 미상,
「첨리 자매」,
1600~10년경

영국 테이트 갤러리가 지난 2006년 대중친화 마케팅을 시도한 적이 있다. 미술사와 미학 사전의 언어로는 더 이상 시민들을 전람회장으로 유인하기 어렵다는 판단 아래 제작된 당시 광고는, 실연이나 우울증 같은 현대인의 일상적 증세에 대한 처방으로 미술품을 권했다. 여기서 「첨리 자매」에 주어진 쓰임새는 숙취 진단용이었으니 카피는 이러했다.

"어젯밤 달리셨나요? 먼저 측정부터 하시죠. 당신은 '첨리 자매'형 숙취를 앓고 있나요, 아니면 '호가스 가의 여섯 하인'•형 숙취인가요?"

• 풍속화가 윌리엄 호가스의 작품 「호가스 가의 여섯 하인」은, 여섯 남녀의 두상을 한 화면에 몰아 그린 유화다.

말인즉슨 사물이 둘로 보이는지 여섯으로 보이는지를 돌려 묻는 것이다.

작자 미상의 17세기 그림 「첨리 자매」는 이중 비전을 보여주는 대표적 그림이라 해도 좋을 것이다. 한 점 흐트러짐 없이 성장盛裝한, 쌍둥이로 추정되는 두 여인은 세례 의상을 입고 주홍색 강보에 싸인, 역시 빼닮은 두 아기를 안고 정면을 응시하고 있다. 이를테면, 가로가 긴 종이 왼편에 한 사람을 그리고 그 종이를 세로로 한 번, 다시 가로로 한 번 접었을 때 나타나는 이중의 데칼코마니라고 요약할 수도 있겠다. 종이인형을 방불케 하는 평면적 스타일로 그려진 탓에 분명치는 않으나, 두 여인은 퀸 사이즈 침대에 베개를 세우고 나란히 기대 앉아 있는 것으로 짐작된다. 미술사가들은 「첨리 자매」의 고도로 양식화된 화풍이, 딱딱한 대칭구도로 인물을 묘사했던 17세기 귀족 무덤의 조각 양식과 유사하다고 품평하기도 한다.

한데 이상하다. 우리의 청개구리 같은 시선은 두 쌍의 모자가 '거의' 같다고 판단하는 순간 자동적으로 차이를 찾아 헤매기 시작한다. 그리하여 「첨리 자매」 속 두 여인과 두 아기는 오래 들여다보면 볼수록 점점 더 달라 보인다. 아기를 안은 팔의 자세, 고정된 시선의 방향, 꼭 다문 입술은 같지만, 눈동자 색, 옷에 달린 레이스와 깃의 디자인, 아기 강보의 문양은 다르다. 목걸이의 보석도 왼쪽 여인의 것은 황옥, 오른쪽은 붉은 가넷이다. 대동소이大同小異라고 불러야 옳을까, 아니면 대이소동大異小同이 맞을까. 당신이 원소와 집합 중 어디에 무게를 두느냐에 따라 이 그림은 지극한 닮음인가 하면 다름의 극치이기도 하다. 하긴 쌍둥이 자체가 오히려 양면성과 이원성의 상징 아니었던가. 그들은 종종 적대적이며 한쪽이 다른 쪽을 없애기도 한다. 카인과 아벨처럼.

「첨리 자매」는 한 인간을 다른 사람과 다르게 만드는 아이덴티티가 무엇인

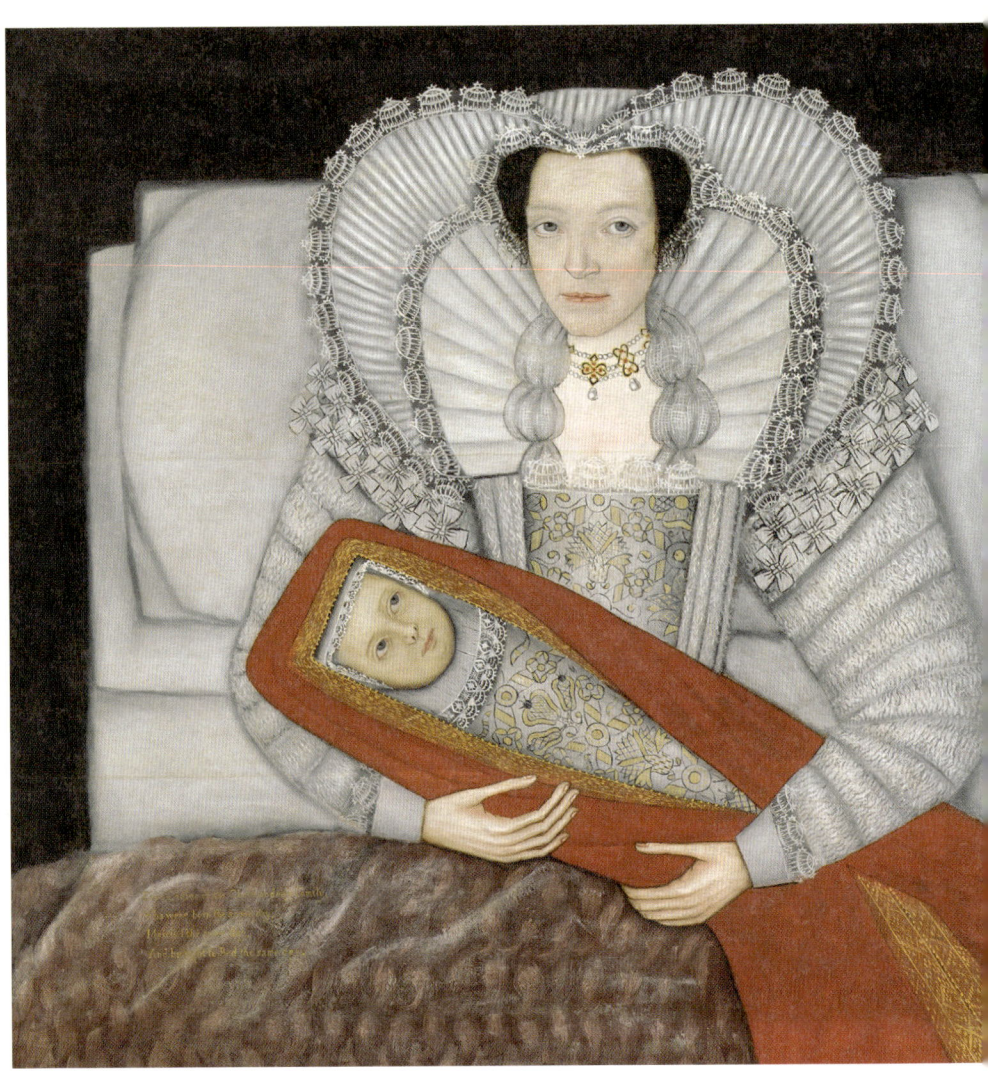

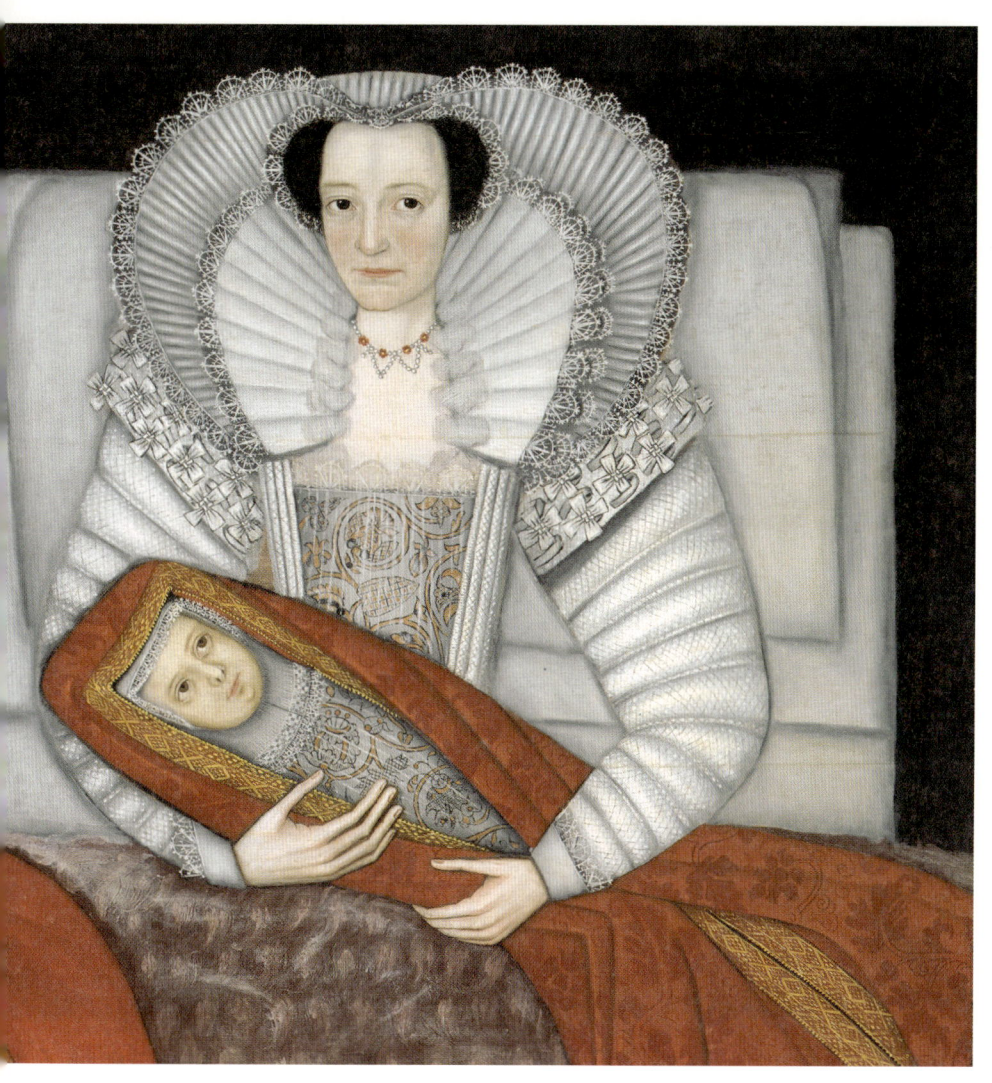

가에 관한 집요한 호기심의 소산이다. 나아가 단순성과 교묘함을 한데 품은
이 그림의 신비한 무드는 보는 이로 하여금 자유롭게 스토리를 상상하도록 부
추긴다.* 한 모자상의 두 판본을 비교해놓은 화폭일지 모른다는 현실적 추측,
쌍둥이 자매가 혹시 한 남자와 연을 맺은 건 아닐까 하는 멜로드라마적 상상,
근친상간으로 불가사의하게 자매 사이에 잉태된 아이를 동시에 낳은 건 아닌
가 하는 신화적 환상까지, 연상은 한이 없다. 급기야 「첨리 자매」를 정체성과
실존, 선과 악의 알레고리로 읽는 순간, 이 17세기 초상화는 일종의 추상적
패턴으로 둔갑한다. 혹시 아는가. 이 '사이비似而非'를 사방으로 제곱해 나가면
그 끝에는 우주를 구성하는 유전자 지도, 한 폭의 만다라가 펼쳐질지.

---

* 실제 그림의 왼쪽 아래에는 두 여인이 "한날 태어나고 한날 결혼하고 한날
아기를 출산하다"라는 글이 쓰여 있지만, 이는 18세기에 가필된 것으로 판명
됐다. 이 역시 후대의 상상력일 수 있다는 의미다.

아파서
나는
아프다

알브레히트 뒤러,
제목 미상,
1512~13 또는 1519

몸 전체가 눈인 화가들이 있다. 그들은 인류의 눈동자가 되어 삼라만상을 관찰하는 업을 자신의 소명으로 받아들인다. 어린 풀 한 포기, 어린 짐승 한 마리의 솜털까지 엄정히 묘사한 알브레히트 뒤러(1471~1528)도 그런 화가였다. 미술사가 하인리히 뵐플린의 표현에 따르면 뒤러는 스스로를 '눈에 보이는 모든 사물의 관리자'라 여겼다고 한다. 본인도 관리 대상의 열외가 아니어서 과감한 누드를 포함한 자화상을 수두룩하게 남겼다. 아마도 뒤러는 약 130년 늦게 태어난 네덜란드의 렘브란트와 더불어 자화상으로 엮인 자서전을 펴낼 수 있는 드문 화가일 것이다. 예수 그리스도의 모습을 투사한 이상화된 모습부터, 노쇠한 나신을 신랄하게 드러낸 것까지 스타일도 다양한데, 개중에는 기르는 강아지가 보자마자 꼬리를 흔들었다는 솔거풍의 에피소드가 따라다니는 작품도 있다.

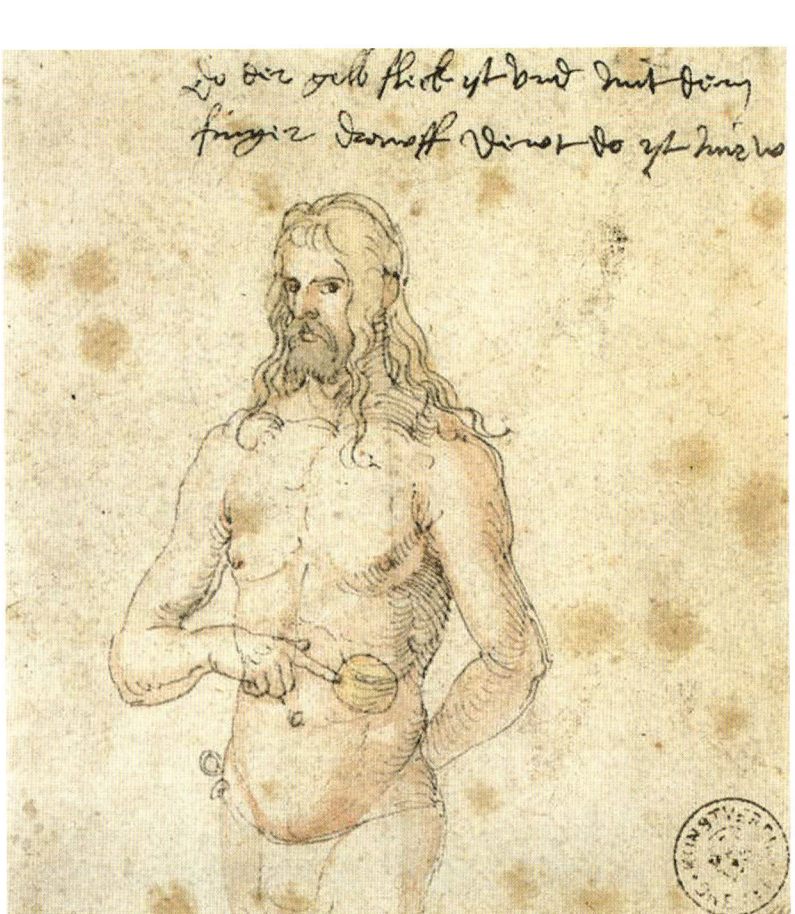

아무튼 뒤러의 자의식은 기념비적인 것이었다. 에르빈 파노프스키는 뒤러가 작품을 팔거나 헌정할 생각이 있건 없건 서명을 남긴 최초의 인물이었다고 썼다. 단순한 사인을 넘어, 뒤러는 1496년에 A자와 D자를 합쳐 만든 로고를 오늘날 기업 브랜드처럼 작품에 박아 넣고 권리를 보호 받고자 했다. 나아가 그림의 여백에는 제작 정황을 간단히 설명하는 메모도 적어 넣었는데, 요즘 출판물로 치면 도판에 따라붙는 캡션에 비할 만하다. 아마도 그에겐 사관史官의 기질마저 있었던 모양이다.

　뒤러의 자화상 중에 정식 작품인지 모호하고 연대도 불분명한 간략한 누드 스케치 한 점이 있다. 옷을 벗은 뒤러는 노랗게 동그라미 쳐진 왼쪽 아랫배의 한 지점을 오른손 검지로 가리키고 있고, 화면 위쪽에는 "내가 손가락으로 가리키는 여기가 아프다"라고 적혀 있다. 의사에게 증세를 알리는 메모였을 수도 있고, 지목된 부위를 고려하면 우울증의 원천으로 여겨진 '검은 담즙'이 분비되는 장기를 빌려 침체된 심경을 은유적으로 전한 것이 아니냐는 해석도 있다.

　자의식이 유달리 투철하고 셀프 이미지에 천착하는 예술가에게 고통은 중대한 테마가 아닐 수 없다. 인간은 고통으로 말미암아 너와 내가 도저히 하나일 수 없음을 체감하기 때문이다. 쾌락이 나와 타인, 자아와 외계 사이에 고양된 일체감을 선사한다면, 고통은 몰아지경의 정확한 반대말일 것이다. 아픔 속에서 나의 영역은 정확히 통증을 감지하는 구간과 일치하게 된다. 연인도 부모도 괴로워하는 내 곁에서 안쓰러운 표정을 지을 뿐 내 몸 안의 아우성을 조금도 나눌 수 없다. 그 사실이 누구의 잘못도 아님을 알면서도 우리는 그들에게 엷은 증오마저 품곤 한다.

　함께 느낄 수 없음은 둘째 치고, 고통은 그 양과 질을 의사소통하기도 어렵

다. 이에 온갖 직유와 은유가 총동원되어 '뼈를 에이는 듯한', '하늘이 노래
지는' 등등이 난무한다. 니체와 같은 학자는 자신의 통증에 '개'라는 애칭을
붙여주기도 했다. 애견처럼 충성스럽고 끈덕지고 뻔뻔하다는 이유에서였다.
고통의 표현이 까다로운 또 하나의 까닭은 그것이 '번진다'는 점에 있다. 육
체의 고통이 진전되면 몸의 나머지 부분도 덩달아 욱신거리기에 정확히 어디
가 아픈지 통증의 진앙을 가리키기가 쉽지 않다. 또한 인간은 아파할 뿐 아니
라 자기가 앓고 있다는 사실에 대해 정신적 괴로움을 느끼는 동물이다. 요컨
대 고통은 언어를 거절한다. 비명과 신음이 차라리 명쾌하다.

  뵐플린은 뒤러의 예술적 약점으로 열정의 결핍과 근엄함을 꼽은 바 있다.
확실히 십자가 수난처럼 처절한 소재를 다룬 뒤러의 작품에서도 괴로움의 묘
사가 인체와 배경, 사물의 정확한 형상을 향한 관심을 능가하는 걸 보기 힘들
다. 「여기가 아프다」(편의상 이렇게 부르기로 하자)에서 뒤러는 얼마나 어떻게 아
픈지 전혀 표현하지 않고 있다. 다만 통증이 발생한 지점을 추정해 가리킬 뿐
이다.

  이상하게도 고통을 묘사하고 나름대로 호소하는 그 냉정한—거의 쓸쓸하
기까지 한—태도가 우리를 매료시킨다. 페터 코르넬리우스의 표현을 빌리면
"불타는 듯 준엄했던" 이 르네상스의 대가는, 아마 고통은 궁극적으로 그릴
수 없는 것이라고 진즉 판정한 게 아닐까? 그리고 과학자와 철학자들이 그러
하듯 온전히 체계화할 수 없는 영역에는 아예 관여하지 않기로 작심한 게 아
닐까?

LOVE
&
D.I.Y.

이주요,
「Two」,
2005

전화번호 116을 누르면 10초 단위로 음성 시보가 흘러나오던 시절이 있었다. "다음 시각은, 세시, 오십구분, 오십초입니다. 다음 시각은, 네시 정각입니다. 다음 시각은……" 수화기 너머 여자는 온종일 또박또박 영원을 향해 전진했다. 거기에는 찰나의 포개짐을 위해 서로의 뒤를 쫓는 시침과 초침의 그리움도 없었고, 쉴 새 없이 빨간 눈을 깜박이는 디지털 액정의 초조함도 없었다. 정작 시간이 궁금해 116 서비스를 이용한 기억은 없다. 아무리 가까운 사이에도 전화를 걸기는 무례한 시각에 불현듯 사람 목소리가 듣고 싶어질 때면, 입을 다문 채 오직 귀 기울이고만 싶어지면 나는 116을 눌렀다.

우리 삶에는 똑 부러지게 명명하기 힘든 사소한 필요들이 있다. 그 결핍들은 일반화하기에는 너무나 특수하고 계량하기도 어려운 까닭에 표준화 시스템으로 제작되는 공산품으로는 충족되기 어렵다. 정확히 말하자면, 그 필요를

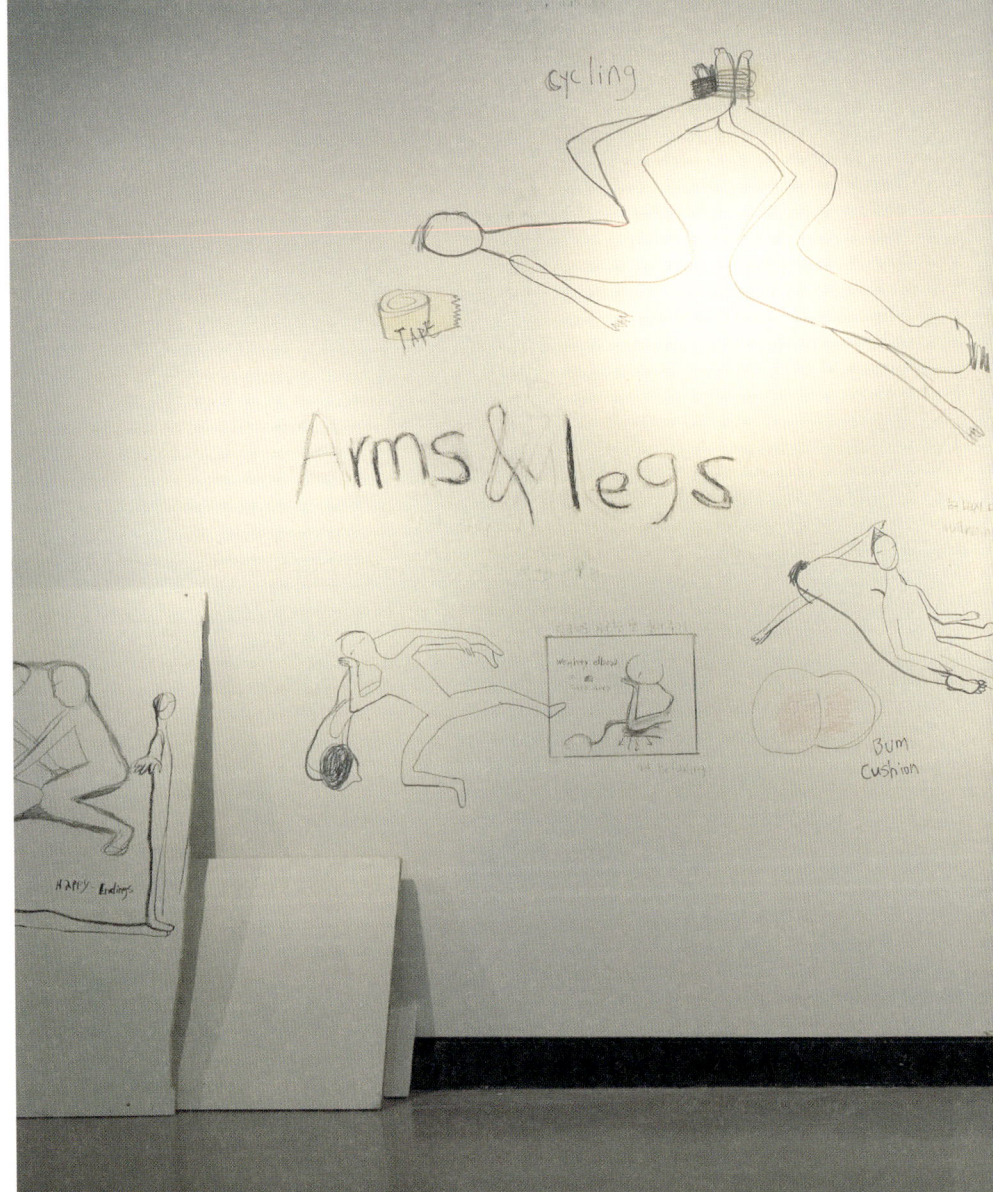

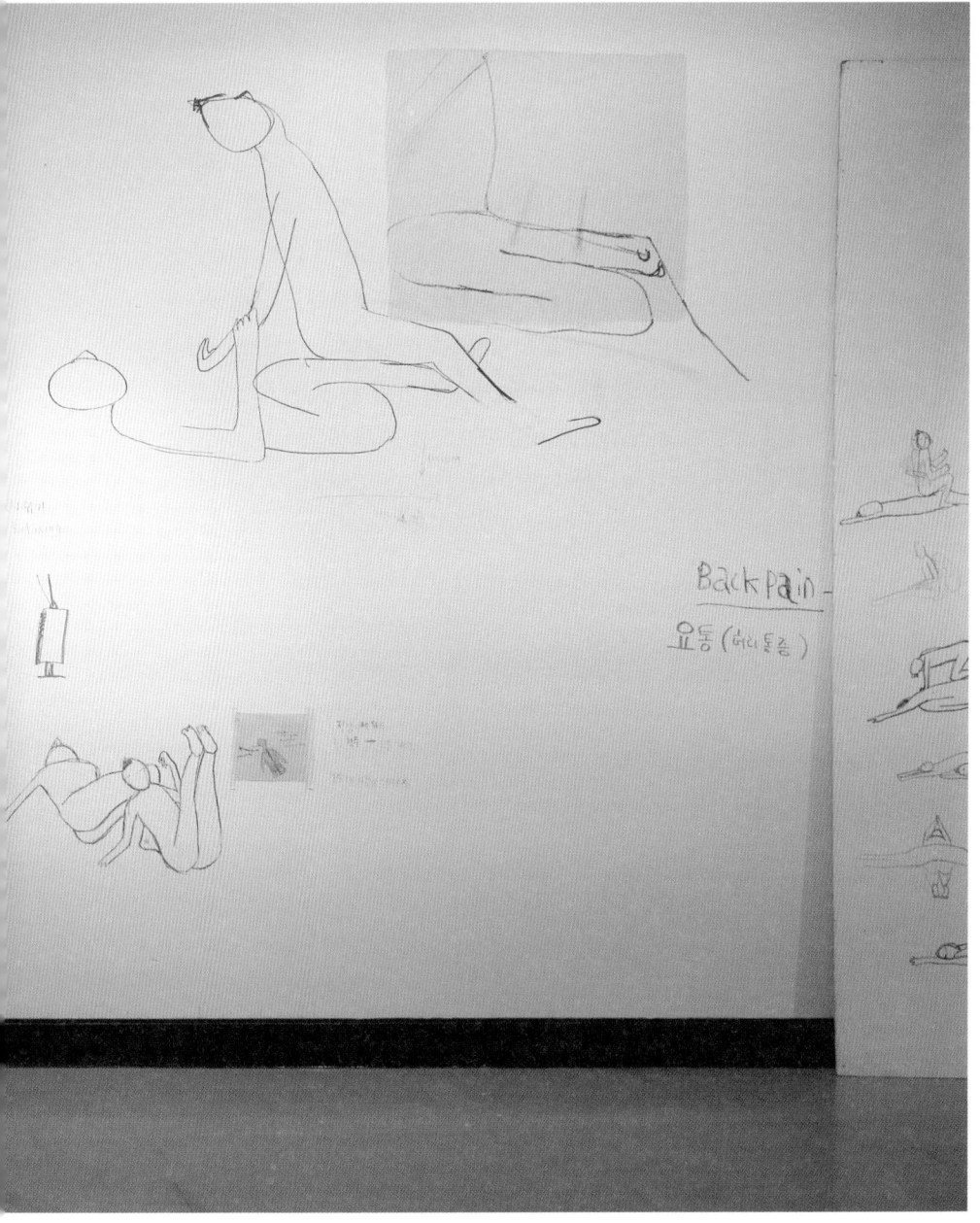

Back pain
운동 (허리 통증)

채우는 상품을 만들어봤자 이윤을 남기기 불가능하므로 생산되지 않는다. (스티브 잡스처럼 한 수 높은 발명가/기업가들은 우리가 필요한 줄도 몰랐던 것을 갈망하도록 아예 필요를 디자인하기도 한다.) 우리 중 다수는 시장에 나와 있는 기성품으로 달랠 수 없는 내밀하고 시시콜콜한 필요를 애써 무시하고 마모시켜 결국은 망각하는 식으로 적응한다. 그러나 사물을 비틀어 자기의 자질구레한 필요에 (기어코) 적응시키는 소수도 있다. 필요한 자가 구하라! 그들은 물건에 몸을 맞추는 프로크루스테스*식 시스템을 거절하고 물건을 비틀고 접합해 몸에 맞춘다.

작가 이주요는 자급자족과 용도 변경의 예술을 수행한다. 평균치보다 왜소한 체구를 가졌다는 그녀의 작품은, 육체적으로 연약하고 궁핍한 사람들의 필요로부터 봄날의 잎처럼 자연스레 돋아난 고안이다. 예컨대 「일단 한번 눕기만 하면」은 천장이 높은 서구식 입식 공간에서 아담한 동양 여자가 앉거나 누운 채 편히 작업하고 생활하기 위한 '궁여지책'이다. 지나치게 높은 테이블은 뒤집혀 수납장이 되고, 방 전체에 허리께 높이의 합판을 대고 몸이 들어갈 만한 적당한 구멍을 내어 마루를 통째로 작업대로 쓰기도 한다. 「난방과 가습」은 방안에 굴러다니는 수건, 호일, 양초, 페트병 등으로 얼기설기 만들어낸, 어딘가 수줍은 보온 가습 장치들을 보여준다.

허약하고 주머니도 빈약하다 해서 사랑을 쪽방에만 가둬둘 순 없다. 이주요의 「한강에 누워」는 카페도 모텔도 갈 돈이 없는 겨울의 가난한 연인을 위해

* 그리스 신화 속 인물로 지나가는 행인을 잡아 자신의 침대에 눕혀보고, 행인의 키가 그보다 크면 다리를 자르고 작으면 몸을 잡아 늘려 죽였다.

한강 둔치 곳곳에 둘이서 찬바람을 긋고 기대앉거나 입 맞출 수 있는 데이트 공간을 심어놓은 작업이다. 전화부스 안의 키스 룸, 트럭 위의 텐트, 금속 양동이에 촛불을 넣은 난로. 자칫하면 무심한 행인이 쓰레기로 여겨 버릴지도 모르는 어설픈 구조물들이다. 작가는 김선정 교수와의 인터뷰에서 자신의 오브제를 이렇게 묘사한다.

"약간 멍청하고 완성되지 않은 것, 하다 만 것, 내일이면 무너질 것 같은 것, 흔쾌히 응할 수 없는 어떤 것, 여러 종류의 부족."

「일단 한번 눕기만 하면」 「난방과 가슴」과 나란히 '모든 약하고 작은 이들을 위해'라는 제목 아래 한데 묶이는 「Two」는, 이주요 작가가 근육통을 견디려고 친구와 시도한 마사지법을 드로잉으로 그려 책으로 엮어낸 2005년 작이다. 우리가 아는 커플 요가에 상상력을 보태고 동작을 좀 더 느슨하게 풀어헤친 듯한 「Two」에 동원된 도구는 테이프나 수건이 전부다. "가진 건 몸뚱아리뿐"이라는 표현이 제격이다. 친밀한 두 사람이 서로의 몸을 이루는 움푹하고 볼록한 커브와 요철을 맞추고, 상대에게 체중을 실어줌으로써 통증을 덜고 긴장을 푸는 체위가 망라된다. 예컨대 A가 엎드려 머리의 열로 B의 내장을 따뜻하게 하는 동안 B는 A의 두피를 마사지한다. 다리를 넓게 벌린 A가 상체를 앞으로 끄덕여 스트레칭하는 동시에 B의 등을 머리로 콩콩 찍어 안마한다. 민간요법으로서의 사랑이라고나 할까? 둘은 주는 동시에 받고 자기의 감각을 통해 상대의 느낌을 유추한다. 넓게 보면 섹스 또한 「Two」의 부분집합일 것이다.

「Two」의 드로잉은 눌변을 경청할 때처럼 찬찬히 들여다보아야 한다. 꾸물꾸물 끼적거린 듯한 이주요 작가의 선은 그녀가 세계를 파악하는 시선, 그리고 그에 대해 내놓는 대안과 불가분의 일체를 이룬다. 앞서 언급한 설치 오브제들도 한 핏줄이다. 근력이 달리는 이 작가는 남들이 쓰는 목재와 철이 버거워서 스티로폼으로 대체하고 용접하고 못질하는 대신 대강 붙여놓는다. 더 사들이거나 빼앗지 않고, 수중에 있는 잡동사니를 그러모아 조형하고 이야기를 자아낸다.

　얼핏 보아도 이주요의 오브제들은 '간신히' 기능한다. 여기서 '간신히'라는 부사는, 고통과 불편을 견딜 만한 수준으로 완화하되 쾌감으로까지 나아가지는 않겠다는 자세를 의미한다. 어쩌면 그것을 절제라고 불러도 좋을 것이다. 세상에 흘러다니는 고통의 총량이 정해져 있어서 내가 감당할 만한 몫을 짊어지지 않으면 누군가의 어깨에 과한 짐이 얹힐 거라는 묵시적인 가정. 이주요의 여린 작품에서는 그런 단단한 윤리적 속살이 만져진다.

가만히
잡고 싶은
손

오귀스트 로댕,
「대성당」,
1908

　결혼식 청첩장에 넣을 이미지를 권해 달라는 친구의 청을 듣자마자 오귀스트 로댕(1840~1917)의 「대성당」이 떠올랐다. 학창 시절 교과서에서 「대성당」을 처음 대한 후 오랫동안 나는 로댕이 조각한 것은 기도를 위해 막 모아지려는 누군가의 양손이라고 무심코 믿어왔다. 최근에야 「대성당」의 아치가 각기 다른 몸에 속한 오른손, 팔목의 자세로 미루어 아마도 가까이 마주 보고 선 두 사람의 손으로 이뤄졌음을 알아차렸다. 닿을락 말락한 「대성당」의 두 손은, 남은 생을 공유하기로 결단한 연인에게 선사할 만한 이미지다. 타인과 손바닥 전체를 깊이 맞대면 처음에는 흡족해도 시간이 갈수록 상대의 촉감이 둔해지고 결국은 사라져버릴 것이다. 심지어는 땀이 배어 불쾌해질 때도 올 것이다. 손을 잡는 행위로 구애를 시작한 연인들은 결혼을 통해 서로의 몸과 영혼을 구석구석 탐사한 다음, 노년에 이르면 다시 가볍게 손을 잡고 산책하게 되리라.

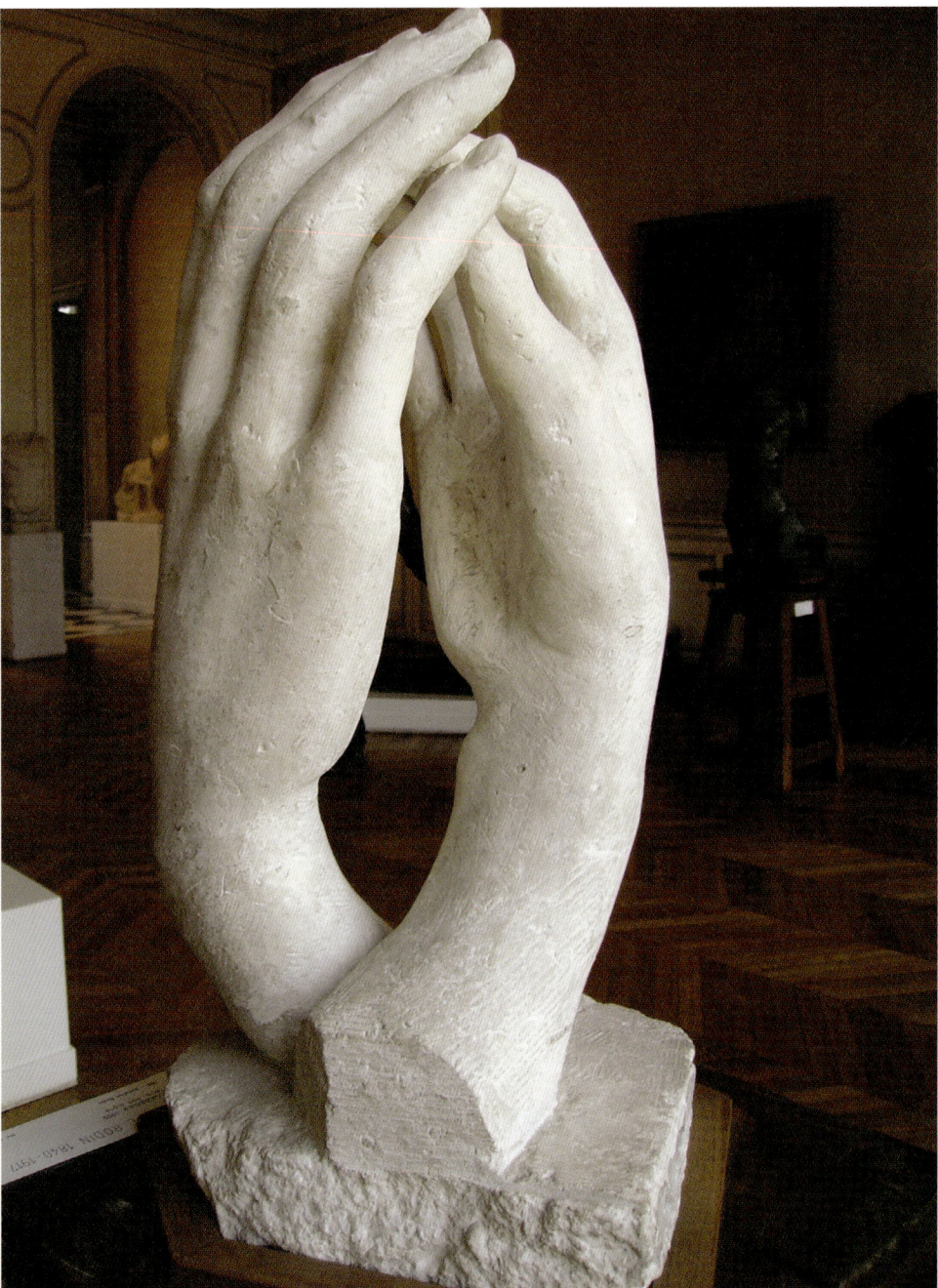

로댕은 손의 위대한 감식자이자 창조자였다. 한때 그의 비서로 일한 라이너 마리아 릴케는 작업장의 무수한 손 조각들을 가리켜 "어떤 손은 걷고 있고, 어떤 손은 자고 있으며, 어떤 손은 깨어 있다"고 묘사했다. 교회와 성당의 건축 양식을 깊이 탐구했던 로댕이 특별히 이 작품을 「대성당」으로 명명하기로 한 결정은 더없이 적절해 보인다. 달걀 한 알을 쥘 만한 압력도 들어가지 않은 관절이 그리는 우아한 아치, 그 아래 깃들어 있는 균형과 겸허, 고양감과 한없는 사랑. 그것이야말로 로댕이 발견한 고딕 양식이 지닌 아름다움의 요체가 아니었을까.

위대한 예술가의 비전을 갖지 못한 평범한 우리에게도 손은 충분히 성스러운 기관이다. 손은 두뇌와 더불어 인간에게 신을 흉내 내는 행위를 허락한다. 손가락을 모으면 사물을 담을 수 있는 조그만 그릇이 되고, 활짝 펴면 가지가 되어 우리를 통과하는 세상의 바람을 느끼게 한다. 손은 어떤 신체 부위보다 빨리 굳고 주름져 노화를 드러내지만, 끝내는 시력과 청력이 떠나간 후에도 우리 곁에 남아 세상의 홈과 마디를 촉지하게 해줄 것이다. 「바흐 이전의 침묵」이라는 영화에는 하프시코드 건반 위를 춤추는 연주자의 두 손만을 카메라가 오랫동안 응시하는 장면이 있다. 오직 그것만으로도 권태롭지 않은 아름다운 한 편의 무용이다. 술이든 음악이든 우리가 무언가에 깊이 취했을 때 타인의 손을 가만히 잡아보고 싶은 충동을 느끼는 것은, 아름다움을 영접한 순간 성소에 들어가고 싶은 본능의 발로인지도 모른다.

질료 덩어리 속에서 정념이 소용돌이치며 지금이라도 막 뛰쳐나오려 하는 로댕의 관능적인 전신상들에 비해 「대성당」은 고요하기 짝이 없다. 그러나 수많은 아마추어 사진가들이 찍어 인터넷에 올린 「대성당」의 사진을 보고 있노라면 이 소박한 조각이 다양한 앵글과 빛의 상태에 따라 얼마나 상이한 노래를 부르는지 알게 된다. 훌륭한 건축물이 그렇듯이 「대성당」은 모든 면을 통해 호흡한다. 미술비평가 베르나르 상파뇔은, 로댕이 인간의 얼굴에 미소를 조각한 적이 없다고 썼다. 그러나 「대성당」의 손은 분명히 미소 짓고 있다.

사랑한
후에

피에르 보나르,
「남과 여」,
1900

1893년 어느 날, 화가 피에르 보나르(1867~1947)는 파리의 전차 안에서 키 작은 여인을 본다. 무작정 그녀를 일터까지 뒤따라간 보나르는 여자에게 같이 살아 달라고 청한다. 그로부터 두 사람은 여자가 죽을 때까지 50년을 함께했다. 처음에 여자는 자기의 이름은 마르테고 열여섯 살이라고 했다. 그녀의 진짜 이름이 마리아이며 실제 나이는 20대 중반이라는 사실을 보나르가 안 것은 나중 일이었다. 마르테는 조그마한 몸을 비밀로 휘감은, 종잡을 수 없는 여자였다. 친구들의 회상에 따르면 그녀는 묘하게 가혹한 말투를 썼으며 어딘가 새를 연상시켰다. 특이한 옷차림을 즐겼으며 손님을 싫어했다. 빈혈, 후두염, 피해망상 등 병치레가 잦아 매일 욕실에서 몇 시간씩 보냈는데, 보나르는 욕조와 화장대 주변을 맴도는 그녀의 누드를 수도 없이 그렸다. 보나르의 그림 속에서 마르테의 육체는 나이 들지 않는다.

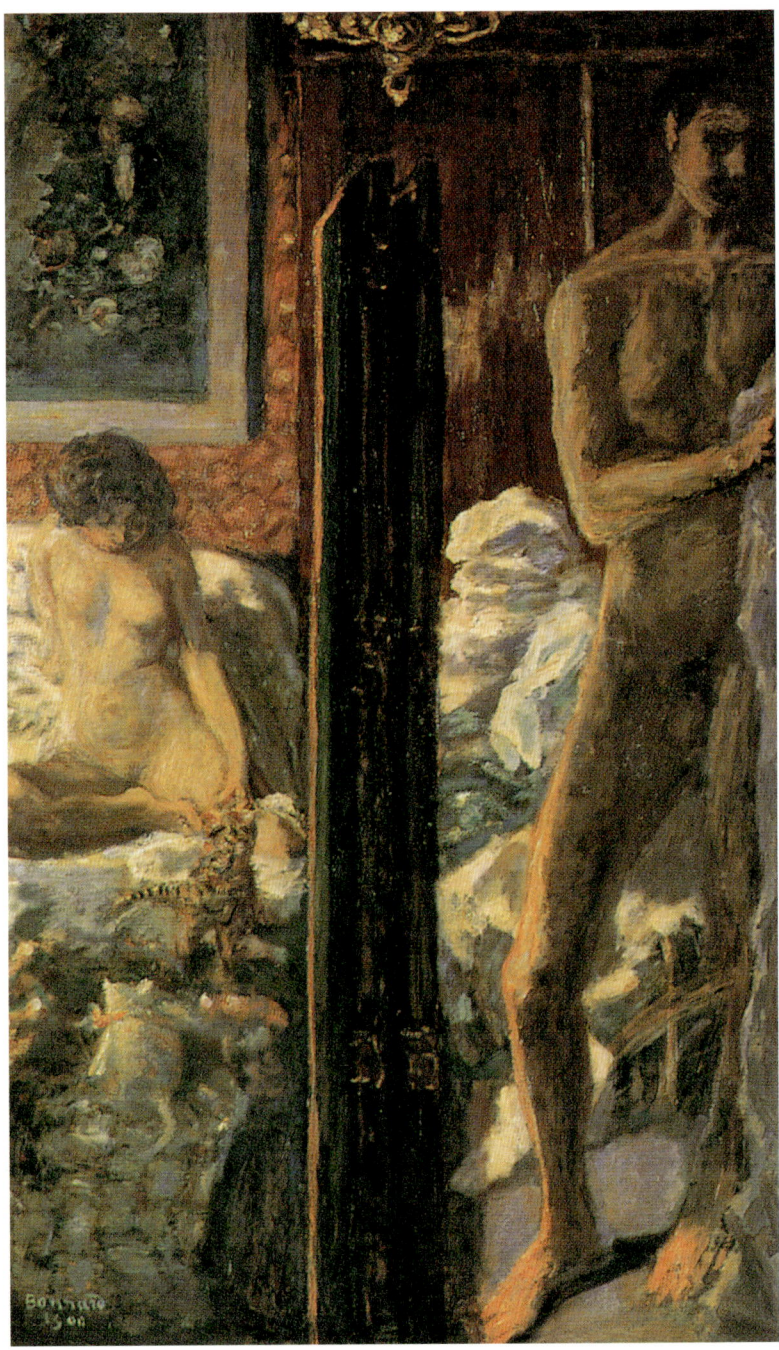

두 사람은 동거 32년째에 접어든 1925년에 하객 없이 조용히 결혼했다. 친척들도 보나르가 죽고 나서야 그에게 아내가 있었다는 사실을 알았다고 전해진다. 한때 보나르는 다른 여인들과도 연애했다. 그중 한 명인 르네라는 여성은 보나르가 결코 마르테를 떠나지 못할 거란 사실을 깨닫자 자살하고 말았다. 마르테는 화가 보나르의 뮤즈이자 간수였던 것이다. 그녀 또한 종일 자신을 좇으며 그려대는 보나르의 시선에 감금된 것 같다고 토로하곤 했다. 한 쌍의 자발적 수인들. 그것은 폐소공포증을 일으키는 관계였다.

「남과 여」는 섹스 직후의 정적을 그린 작품이다. 화폭을 단호하게 이분한 버티컬 스크린을 중심으로 왼쪽 침대에 앉아 있는 여인이 마르테, 오른쪽에 우두커니 서 있는 남자가 보나르다. 많은 사람들은 「남과 여」를 정사 후 급속히 냉랭해진 남성과 엷은 후회에 젖은 여성을 묘사한 그림으로 읽는다. 그러나 좀 더 귀를 기울이면 다른 이야기가 들려온다. 따스한 햇볕에 감싸여 보드라운 고양이를 쓰다듬고 있는 마르테는 스스로를 나른하게 해방하고 있다. 고개 숙여 자신에게 집중하고 있으며 지켜보는 우리의 시선은 아랑곳하지 않는다. 반면 어둠 속에서 옷가지를 집으려는 남자는 허무하고 불안해 보인다. 우리를 향해 노출된 그의 이목구비는 주변의 음울한 적색에 먹히고 있으며, 벗은 몸을 그린 붓질은 뭉그러져 화가가 주저하고 있다는 인상을 준다. 보나르는 2년 전부터 비슷한 침실 그림을 그렸으나 「남과 여」에 이르러서야 두 인물 사이에 '벽'을 쳤다. 더불어 하나가 될 수 있다는 섹스의 환상이 썰물처럼 물러난 후, 남과 여 사이엔 다시 바리케이드가 내려와 있다.

욕망은 언제나 사랑을 참칭하며 상대를 나의 일부로 만들고자 한다. 은둔에 가까운 둘만의 생활 속에서 화가는 끝없이 통합의 환상과 분리의 고통을 오갔

으리라. 연인을 400번이나 그렸던 화가는 죽음이 가까워진 1947년, 이렇게
말했다.

"사람은 행복해서만 노래하는 것은 아니다."

열망에서 실망으로 영겁 회귀하는 「남과 여」는 슬픈 그림이다.

오직
사랑만을
위해

프란시스코 데 고야,
「개」,
1819~23

사람은 살면서 어쩌다 사랑을 하지만 개는 평생 오직 사랑을 위해 거기 있는 존재처럼 보인다. 양 떼를 몰거나 밀수품을 수색하는 개도 있으나 오늘날 대다수의 개들은, (변덕스러우나마) 사랑을 주고받으려는 인간의 정서적 필요에 봉사한다. 눈을 떠서 잠들기까지 개들은 함께 사는 인간의 표정과 몸짓이 무엇을 의미하는지 해석하기 위해 온 신경을 집중하며 희미한 낌새 하나에도 천국과 지옥을 오간다. 매일 아침 난생처음인 양 속없이 사랑에 빠지고, 사랑 때문에 자존을 잃는다. 그들의 유순한 눈동자에 담긴 끝없는 애원과 고백이 모두 인간의 언어로 들려온다면, 우리는 아마 하루도 견디지 못하고 개들을 내칠지도 모른다. 개들의 고단한 숙명은 그들을 길들인 인간의 업보다. 프랑스 저술가 리바롤은 이렇게 썼다.

"우리는 그들을 인간의 범주로 옮겨놓지 못하면서 자신의 범주 밖으로 끌

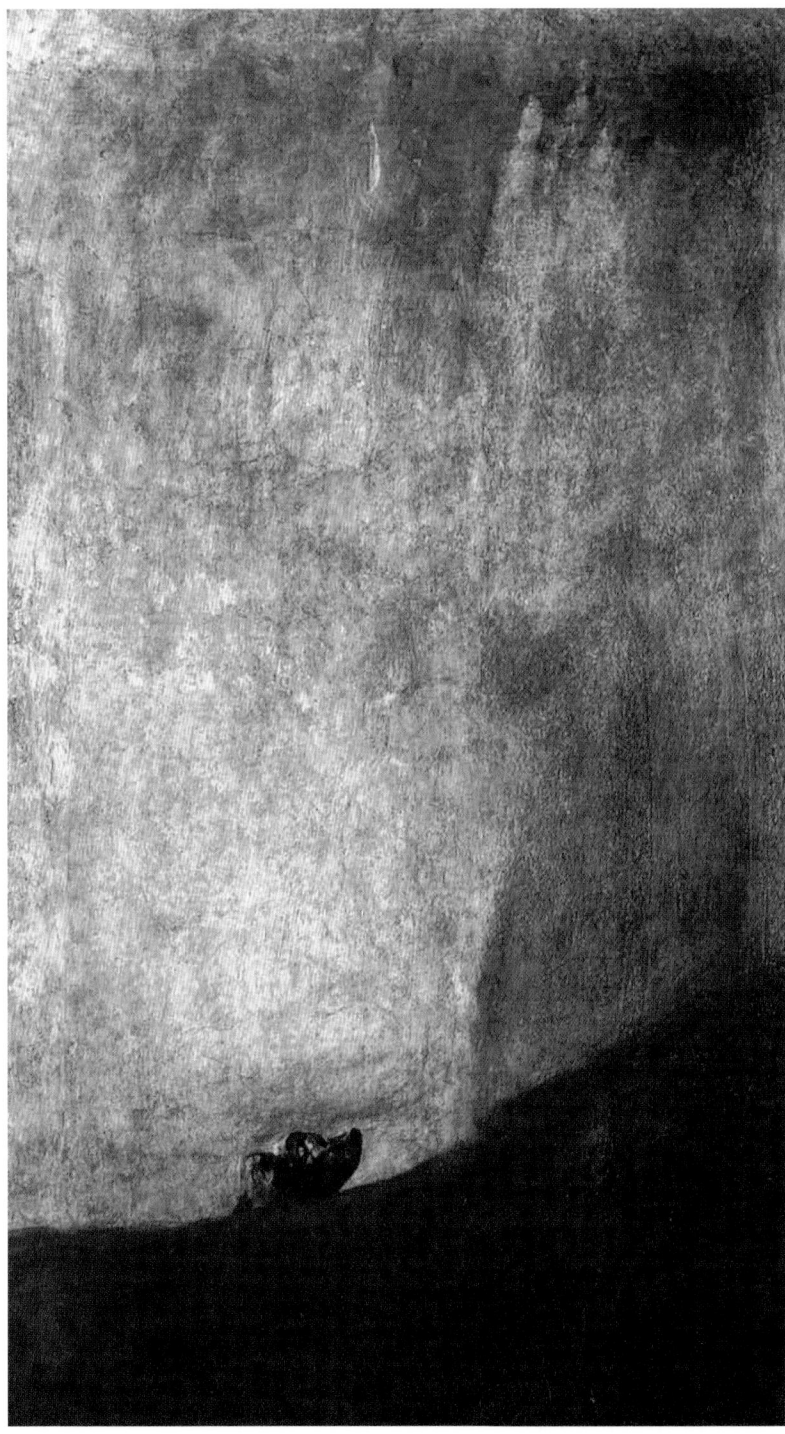

어낸 결과가 됐다. 개는 인간도 아니면서 이미 짐승답지 않게 됐다."

고양이가 은근한 거리를 둔 우정의 마스코트라면 개는 자아를 팽개친 애정의 표상이다. 고양이가 세계의 표면을 물수제비뜨고 지나가는 예술의 포즈를 가졌다면, 개는 때로는 비굴하게 매달려야 간신히 지탱되는 삶의 얼굴이다. 개는 고양이보다 만만해 보이지만 고양이가 결코 줄 수 없는 두려움을 불러일으킨다. 그것은 사랑의 양과 집중력에 있어서 우리가 개에게 받은 만큼 돌려주는 것이 절대 불가능하다는 사실에서 비롯된 부채감이다. 우리를 먼저 떠나갈 게 확실한 그들의 무조건적—보답할 가망 없는—사랑은, 어머니나 할머니의 그것을 닮았다. 그리하여 그들에게 느끼는 감정과 유사한 회한을 우리에게 새긴다.

프란시스코 데 고야(1746~1828)가 그린 '검은 그림Black Painting' 연작의 한 작품인 「개」는 천진한 무방비함의 초상이다. 14점의 벽화로 이뤄진 검은 그림 연작은 의뢰나 대중에게 공개될 계획 없이 그려졌다.* 화가는 광대한 배경에 몹시 조그만 개 한 마리를 떨어뜨려놓았다. 배경인 창백한 황색 허공과 암갈색 바닥은, 형체와 스케일을 헤아릴 수 없어 더욱 위압적이다. 지평선 혹은 수평선으로 나뉜 위아래 공간의 극단적 비율은 배경을 우물이나 벼랑 바닥처럼

* 고야는 마드리드 강독에 위치한 '귀머거리의 집'이라고 불리는 자택에 검은 그림 연작을 그렸다. 그는 1792년 안달루시아 여행 중 얻은 병의 후유증으로 청각을 잃은 상태였으나, 저택의 이름은 집의 전소유자가 청각장애자였다는 사실에서 비롯한 우연의 일치일 뿐이다.

보이게 한다. 개의 네 다리를 집어삼킨 어둠은 홍수에 불어난 물 같기도 하고 유사流砂 같기도 하다. 공포의 근원이 하늘에서 오는지 땅에서 오는지조차 불분명하고 사방을 둘러봐도 개를 구해줄 지푸라기 하나 없다. 순종의 표시로 귀를 뒤로 젖힌 개가 주시하는 오른쪽 허공에는 어렴풋한 음영이 어른대는데 상상력을 발동하면 인간의 그림자처럼 보이기도 한다. 개의 눈빛에는 원망도 호소도 없다. 그저 영문을 모른 채 곧 내려질 심판에 한없는 신뢰를 보낼 뿐이다. 그것이 자기를 끝장낼지언정.

돌이켜보건대 우리 모두도 한 번쯤은 이 개처럼 연약하고 맹목적이었다. 고야의 「개」는 우리에게, 사랑이라는 깊은 우물에 빠져 허덕였던 인생의 연약했던 한 철을 상기시킨다. 또한, 신의 뜻과 그 종착점을 알지 못한 채 오늘도 걷고 있는 이 길의 풍경을 멈추어 돌아보게 한다.

견고한
공존

루치안 프로이트,
「둘의 초상」,
1985~86

정신분석의 창시자 지크문트 프로이트는 연구실에서 차우차우 종 개를 길렀다. 이 개는 프로이트의 반려 역할을 하는 동시에 진료도 도왔다고 한다. 내담자에 대한 개의 본능적 반응을 보고 프로이트는 환자가 얼마나 불안정한 상태에 있는지 가늠하곤 했다는 것. 프로이트의 손자인 초상화의 거장 루치안 프로이트(1922~2011)는 할아버지에게서 적어도 두 가지를 상속 받았다. 하나는 인간을 투시하는 재능이다. 조부가 선택한 도구가 정신분석이었다면 루치안은 전통적인 구상 기법의 회화를 통해 인간의 육체를, 나아가 정체를 포착한다. "물감이 곧 그 사람이다. 나는 내 물감이 살처럼 기능하길 바란다"라는 루치안 프로이트의 선언은 도발적이기까지 하다.

프로이트 가의 두 번째 집안 내력은 동물 친화력이다. 사람을 차치하면, 개와 말은 루치안 프로이트가 가장 큰 열정을 기울인 초상 모델이다. '프로이트

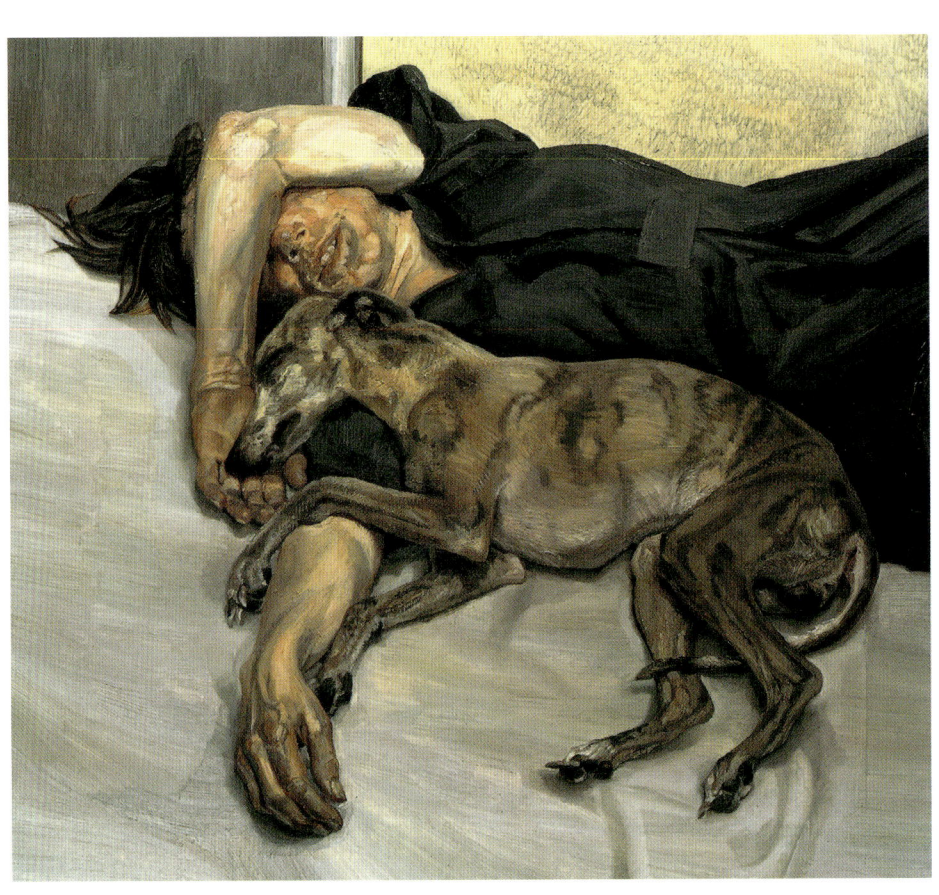

의 개'라는 주제로도 전시회 하나는 거뜬할 지경이다. 프로이트는 인간과 동물을 동등하게 대하고 동일한 태도로 다룬다. 사람이건 동물이건 그에게 중요한 것은 모델이 보유한 개성이다. 성격이 결핍된 대상은 그의 붓을 움직이지 못한다. 사정이 이렇다 보니 아는 사람, 아는 동물을 반복적으로 그린 경우가 대부분이다. 그에게 초상화 작업은 외관의 모사가 아니라 대상의 신체와 정신을 연구하는 과정이라고 말해도 좋다.* 그러나 묘사에 있어서 프로이트는 무자비한 냉담함을 견지한다. 그가 그린 남녀의 누드는 이상하리만큼 관능적 감흥을 불러일으키지 않는다. 늙어가는 애견을 그린 작품에서도 애틋한 감상은 찾기 어렵다. 화면에서 감지되는 프로이트의 '해부하는 시선'은 너무나 집요한 나머지 가학이 아니냐는 논란을 불러오기도 했다.

'개를 데리고 자는 사람'이란 제목이 어울릴 듯한 이 그림의 제목은 「둘의 초상」이다. 푸른 옷을 입은 성별이 불분명한 모델(실제로는 화가의 딸 벨라)과 그 팔베개를 벤 위핏 종(테리어와 그레이하운드의 교배종)의 개는 오수午睡에 빠져 있다. 팔뚝으로 빛을 가린 모델의 자세로 짐작건대 피로를 견디다 못한, 얕은 잠이다. 둘은 뱃멀미에 지친 갑판의 승객처럼 팔다리를 축 늘어뜨리고 있다. 매일의 항해가 그들을 곤하게 만들었나 보다. 개가 기대고 있지만 위로 받는 쪽은 주인인 것 같다. 프로이트의 단단한 필치는 인물과 개의 피부를 단단하고도 반투명하게 표현해, 그 아래를 달리는 푸른 핏줄과 힘줄, 뼈와 근육의 구조를 드러낸다. 그리하여 매트리스가 감당하고 있는 체중을, 일상의 무게를, 보

* 루치안 프로이트의 모델들은 본인이
직접 포즈를 선택했다고 알려져 있다.

는 이가 실감하도록 한다.

　프로이트의 눈에 포착된 인간은 통념보다 동물적이고, 동물은 통념보다 문화적이다. 그가 그린 개는 무작정 사랑스러운 애완동물이 아니다. 철저히 짐승다우면서도 인간과 함께한 세월의 흔적과 고유한 증세를 몸에 새긴 개체다. 이는 섣부른 의인화와는 완전히 다른 접근이다.

　함께 살아본 사람에겐 설명할 필요도 없지만, 개는 뛰어난 공감 능력을 타고난 동물이다. 그들은 가끔 주인의 자세를 따라 한다. 「둘의 초상」에서 구도의 중심은 사람의 두 팔과 거기 얽힌 개의 앞다리가 보여주는 호응, 그리고 가볍게 열린 둘의 입이 이루는 압운이다. 인간과 동물에게 공히 냉엄하고 또한 섬세한 화가의 시선은, 팽팽한 긴장을 유지한 채 이들을 여느 커플의 초상 못지않게 견고한 공존의 감각으로 감싼다.

198

epilogue | 그림 뒤에서

아무 소리도 내지 않으려는 소리.

소설가 존 어빙이 쓴 표현이다. 여기 묶인 마흔 개의 글이 나를 멈춰 세웠던 미술품의 매혹에 관해 결국엔 아무것도 이야기할 수 없다고 고백하는 이야기가 되리라는 걸 나는 처음부터 얼마간 알고 있었다. 여태 영화를, 음악을, 혹은 인간을 글로 기술하려고 할 때마다 그들의 실체를 온전히 포착할 승산이라곤 1밀리그램도 없었으니까.

성난 당신은 쏘아붙일지도 모른다. 그렇다면 왜 이 글을 썼지? 오래전 한층 무거운 명제에 승복했기 때문이다. 아무 말도 할 수 없다는 말을 전력을 다해 정교하게 이어가는 작업, 불가능성을 확인하는 문장을 성실하게 누덕누덕 기워가는 노동 외에 이 세계에서 내가 할 수 있는 일은 거의 없다는 진실. 그러니 용서해주길. 누구나 아침에 허겁지겁 눈을 뜨고 밤이면 뒤척뒤척 구차하게 잠을 청해야 하는 이 삶을 지속하고 심지어는 사랑한다면, 존재의 핑계 하나 쯤은 필요한 법이다.

얄궂은 규칙 하나. 쓰는 자는 실패의 기억 따위 한 번도 없는 양 번번이 희망을 품고 묘사에 착수해야 한다. 유서 깊은 이 규칙에 따르려 했으나 나는 끝내 그림 자체에 관해 쓰지는 못했음을 인정한다. 그 그림과 마주친 어떤 날, 특정한 시각의 빛과 공기에 의해 우연히 드리워졌던 작품의 그림자에 대해 쓰는 것이 고작이었다. 그러나 그림자는 언제나 현존의 증거다. 회화의 기원은 한 처녀가 전장으로 떠나는 연인 대신 간직하고자 그의 그림자 테두리를 따라 그린 실루엣이었다. 『피터팬』의 웬디는 영원한 소년 피터에게 그림자를 꿰매어줌으로써 현실에 착지시켰다. 웬디, 그녀는 나의 알리바이다.

현대미술이 구상을 거절하고 3차원을 부인하고 마침내 안료의 물성까지 지워버리려고 피를 토했거나 말거나, 나는 무도하게도 그림으로부터 기어이 그리운 누군가의 얼굴을 보고자 했으며 기거할 처소를 찾아내려고 했다. 그렇게 그림에 중량과 부피를 억지로 매달아 이 산문적인 지상 세계에, 비좁은 나의 정신 안에 주저앉히려 했다. 그토록 뻔뻔할 수 있었던 근거가 뭐냐고 묻는다면 내 주머니에 든 건 조촐한 답변뿐이다.

누가 뭐라고 주장하건, 인간이 다른 인간에게 미칠 수 있는 최선의 작용과, 예술이 인간에게 끼칠 수 있는 가장 큰 영향은, 구원이나 계몽이 아닌 영감 inspiration뿐이라고 믿어서였다고.

그림과 그림자

ⓒ 김혜리 2011

1판 1쇄 | 2011년 10월 7일
1판 8쇄 | 2022년 5월 2일

지은이 | 김혜리
펴낸이 | 정민영
책임편집 | 주상아 손희경
디자인 | 손현주
마케팅 | 정민호 이숙재 김도윤 한민아 정진아 이가을 우상욱 정유선
제작처 | 한영문화사(인쇄) 경일제책(제본)

펴낸곳 | (주)아트북스
출판등록 | 2001년 5월 18일 제406-2003-057호
브랜드 | **앨리스**
주소 | 10881 경기도 파주시 회동길 210
대표전화 | 031-955-8888
문의전화 | 031-955-7977(편집부) | 031-955-2696(마케팅)
팩스 | 031-955-8855
전자우편 | artbooks21@naver.com
트위터 | @artbooks21
인스타그램 | @artbooks.pub

ISBN   978-89-6196-095-3 03810